"……세컨드잖아."
나는 식료품점의 쇼윈도에 비친 내 모습을 보았다.
아아, 역시 달랐다. 『seven』이 아니다. 이건—.
메인 캐릭터 『seven』과 같은 시기에 작성한
서브 캐릭터 『세컨드』.
아직 전혀 육성하지 않은, 경험치 제로의 『창고 캐릭터』.
기간 한정 과금 아바타가 쇼윈도의 유리 안에서
경악에 찬 표정을 짓고 있었다.
전·세계 1위의
서브 캐릭터 육성 일기
~폐인 플레이어, 이세계를 공략 중!~

대장장이 후보는,
노예 중에서 선출?!
유카리
전직 암살자이자 노예 다크 엘프.
대장장이를 찾던 세컨드가 구입한다.
대장장이 타입.

에코
리플렛
조그마한 고양이 수인. 겉모습과 다르게
힘이 세다. 항상 웃음을 잃지 않고
기운이 넘친다. 근육승려 타입.
실비아
버지니아
기사 가문의 차녀.
말단 여기사로서
정의감이 강하고
고지식하지만,
약간 얼간이.
마궁술사 타입.
흠잡을 데 없는 최강팀 결성!
목표는 『세계 1위』!!
세컨드
(사토 시치로)
느닷없이 자신이 하던 온라인 게임과
꼭 닮은 이세계에 전생한다.
원래 세계에서는 인생 그 자체를 투자하며
온라인 게임 세계 랭킹 1위 자리를 지켜왔다.
이세계에 와서도 「세계 1위」가 되기 위해
힘쓰는 중.
올라운더 타입.

마인
캐스탈
캐스탈 왕국의 제2왕자.
마술 학교 수석이며, 취미가 공부인
슈퍼 우등생.
마술 학교에 잠입!!
마술 대회에서 압도적인
실력 차를 보여주다!!

# 전·세계 1위의 서브 캐릭터 육성 일기

## ~폐인 플레이어, 이세계를 공략 중!~


사와무라 하루타로

Harutaro Sawamura

일러스트 마로

# contents

# 프롤로그 소소한 절망과 최고의 세계

인생을 건다. 그것은 매우 어려운 일이다.

일, 스포츠, 취미, 갬블. 뭐든 좋지만, 자신의 모든 것을 걸고 뭔가를 해낸다는 건, 2034년의 일본에서는 어렵다.

생활이, 자금이, 사회가, 타인이, 신체가 방해를 한다. 한 마음 한 뜻으로 무언가에 전념한다는 것 자체가 극소수의 인간에게만 허락된 특권에 가까운 은혜다.

나는 학교를 제대로 다니지 않았고, 어른이 된 후에도 제대로 일을 하지 않았다.

그저 하염없이 정상의 자리만을 목표로 삼았다.

말 그대로, **모든 것**을 내던진 것이다. 식사, 수면, 배설 등의 최소한의 행위 이외의 모든 것을 **그것**에 바쳤다.

『세계 1위』.

결과가 이것이다. 몇 백만 명이나 되는 인간의 정점. 가장 뛰어난 자의 증명.

기분이 끝내준다! 희열이 샘솟는다!

전 세계의 누구나 다 인정하는 완전무결한 1위다. 모든 이들에게 존경을 받는, 신과 같은 존재. 단 한 번의 패배도 허락하지 않은 사상 최강의 정점. 그게 나다. 바로 나인 것이다.

내 인생의 결과. 내 인생의 모든 것.

풀 이머전 VRMMORPG 『뫼비우스 온라인』 세계 랭킹 압도적 1위.

하지만 그것도 오늘까지의 이야기다.

"……."

망연자실이란 말은 이럴 때 쓰는 것이다.

얼마 전, 나의 메인 캐릭터 『seven』이 파괴(크랙)당했다. 개인 데이터만이 아니라 백업까지 전부 말이다.

나만 피해를 입은 게 아니다. 피해자는 삼천 명에 이른다고 들었다. 그것도 『상위 캐릭터 삼천 명』이다.

범인은 이미 잡혔다. 그 녀석도 상위 플레이어 중 한 명이며, 「질투심에 사로잡혀 무심코 범행을 저질렀다」고 한다. 삼천 명 분량의 캐릭터 데이터를 타깃으로 잡고 크랙을 하는 것이 무심코 저지른 범행일 리가 없다. 비상식적인 집념에서 비롯된 악행이지만, 미디어 및 일반인은 그 점을 이해하지 못하는 것 같았다.

그리고 그 후에 뫼비우스 온라인, 줄여서 뫼비온의 운영 측에서 이런 내용을 발표했다.

모든 피해 캐릭터의 복구는 불가능하다. 보상은 신규 캐릭터 작성 시의 과금 면제 등의 우대뿐이다.

몇 번을 따져도, 심지어 본사에 쳐들어가도 그 대답에는 변함이 없었다.

"…………."

나는 분노와 허무함에 떨며 증오와 함께 위액을 몇 번이나 토했지만, 나 이외의 플레이어는 과연 어떨까.

여론은 「뫼비온 운영 측도 피해자」라는 식으로 흘러가고 있으며, 익명 게시판 16ch에서도 「뭐, 타당한 대응이네」 같은 분위기다. 트베터 같은 SNS에서는 캐릭터가 지워진 유명 스트리머가 발끈한 나머지 운영 본사의 폭파 예고까지 하는 바람에 경찰이 출동하는 사태가 벌어졌다.

하지만 그런 소동이 잦아들 즈음, 뫼비온 크랙 사건은 완전히 진화됐다. 빌어먹을.

"……하아……."

의욕이 나지 않았다. 아무 생각도 안 났다. 한숨만 났다. 사흘 동안 물만 마셨다.

나의 세계 1위는, 두 번 다시 돌아오지 않는다.

"……좋아!"

이대로 있어봤자 죽도 밥도 안 된다.

나는 무릎을 찰싹 소리가 나게 때린 후, 몸에 힘을 주며 일어섰다.

"죽어 버리자!"

◇◇◇

"—어라?"

정신을 차리고 보니, 나는 뫼비우스 온라인 안에 있었다.

여기는 캐스탈 왕국 왕도 빈스턴의 대로이며, 내가 자주 이용하는 식료품점 『아이시클』의 앞이다.

오래간만에 중세 유럽 느낌의 마을 정경이 눈에 들어왔다. 부모 얼굴보다 더 자주 봤을 이 검과 마법의 판타지 세계의 정경. 두 번 다시 볼 일이 없을 거라 여겼다. 하지만 역시 몇 번을 봐도 좋다. 돌아왔다는 느낌이 들었다.

하지만…… 어느새 로그인한 걸까?

"영업에 방해되거든? 가게 앞에 멀뚱멀뚱 서있지 마!"

등 뒤에서 아이시클의 얼굴마담인 아이스 양의 목소리가 들려왔다. 귀에 익은 성우의 목소리지만…… 이 대사는 들은 적이 없다. 내가 모르는 사이에 업데이트가 된 걸까?

"……윽! 저, 기…… 미안해. 우리 가게에 무슨 볼일이 있어?"

내가 뒤를 돌아보자, 눈을 동그랗게 뜨며 놀란 아이스 양은 갑자기 조신한 태도를 취했다. 유심히 보니 볼을 희미하게 붉히고 있었다.

"우와~, 귀여워!"

나는 무심코 그렇게 말했다. 좋다. 정말 좋다. 신급 업데이트라고 해도 과언이 아니다.

"무, 무, 무슨 소리를 하는 거야?! 정말!"

그러자 아이스 양은 얼굴을 새빨갛게 붉히면서 고개를 돌리더니, 부끄러워하며 가게 안으로 들어갔다.

멋진 움직임이다! 현실감이 엄청났다. 내가 한동안 로그인을 하지 않는 사이에 호감도 시스템 같은 것이 도입된 걸지도 모른다. 망할 운영 놈들아, 이쪽 노선도 괜찮잖아. 이런 걸 좋아하는 상당수의 플레이어가 몰려와서 시장이 활성화될지도…….

…………응? 어라. 방금 뭔가…….

"……윽!"

나는 식료품점의 쇼윈도에 비친 내 모습을 보았다.

아아, 역시 달랐다. 『seven』이 아니다. 이건…….

"……세컨드잖아."

볼을 만지며 얼굴을 확인한 후, 나는 그 녀석의 이름을 입에 담았다.

메인 캐릭터 『seven』과 같은 시기에 작성한 서브 캐릭터 『세컨드』. 아직 육성을 전혀 시키지 않은, 경험치 제로의 『창고 캐릭터』. 검푸른 머리카락과 은색 눈, 속이 비쳐 보일 것처럼 하얀 피부, 늘씬하고 키가 클 뿐만 아니라 엄청나게 잘 생긴 기간 한정 과금 아바타가 쇼윈도의 유리 안에서 경악에 찬 표정을 짓고 있었다.

"맞아. 그러고 보니……."

예전에 식료품점 앞에서 로그아웃 했던 것이 기억났다. 정월 이벤트에서 쓸 예정이었던 찹쌀을 대량으로 사서 메인 캐릭터에게 건네준 후에 방치했던 것이다.

"……하아아아아아아."

땅이 꺼져라 한숨을 내쉬었다. seven이 부활한 거라고 한순간 기대한 내가 바보였다.

나의 seven은, 세계 1위는, 이미 그 어디에도 존재하지 않는다. 몇 번이나 그 현실을 직시했는데도, 떠올릴 때마다 눈물이 나려고 했다.

무리다. 이제 와서 뫼비온을 처음부터 다시 할 의욕이 없다. 빨리 로그아웃하자.

…………………….

"응?"

로그아웃이 없다. 아니, 관리 화면 자체가 열리지 않았다. 버그가 발생했나? 일단 긴급 정지 버튼을 눌러서 현실로—?

……아. 잠깐만 있어봐.

"그래. 맞아."

그렇다. 현실 같은 건 없다. 왜 잊은 걸까. 그래. 맞아. 나는 이미—.

"죽었잖아."

◇◇◇

"어, 그럼 나는 왜 뫼비온 안에 있는 거지?"

이상하잖아. 어떻게 된 거지. 사후의 세계가 뫼비우스 온라인이란 건가?

뭐, 진심으로 바라기는 했다. 「내가 뫼비온의 세계에 태어났다면 얼마나 좋았을까」 하고 의식이 없어지는 순간까지 저주를 걸듯 읊조렸다. 「가능하다면 게임 속 세계에 태어나고 싶었어」 라니, 정말 어처구니없는 유언이다.

……혹시, 그 소망이 이뤄진 건가?

아이스 양의 NPC(논플레이어 캐릭터)답지 않은 인간적인 대사도, 로그아웃할 수 없는 이유도, 그렇다면 납득이 된다.

“자, 잠깐만 있어봐. 어, 아, 아얏!”

……아프다. 볼을 꼬집으니, 아프다……. 게임 속인데, 아파……?!

…………!!

“F, Foooooooooooooooooooooooooo!!!!!!”

다시 태어났다! 게임 세계에 말이다!!

최, 최고다! 최고다!! 최고다!!!!! 고마워!! 고마워!!

“Fooooooo!!!!”

나는 정신줄을 놨다. 남들 시선은 개의치 않으며, 괴성을 지르며 얼추 한 시간 동안 춤을 췄다. 나한테는 그 정도로 기쁜 일이다. 내 인생에서 가장 기쁜 순간이다. 세계 1위가 되었을 때보다, 몇십 배, 몇백 배…….

“Foooooooooooooooooo!!!!!”

몇천 배는 기뻤다.

“하아…… 하아…… 하아…….”

솔직히 지쳤다. 스테이터스를 보니, SP(스태미나 포인트)가 제로였다.

어마어마하게 야단법석을 떨었구나 싶었지만, 생각해보니 이 캐릭터는 아직 육성을 하지 않았기 때문에 스테이터스가 초기치다. 그러니 당연한 결과다.

“하아…… 휴우…….”

하지만 뫼비온 안에서 숨을 헐떡일 정도로 지친 경험은 이번이 처음이다.

처음으로 느껴보는 감각이다. 정말 재미있다. 기분이 하늘을 찌른다! 나는, 나는 드디어 온라인 게임 세계에 온 것이다!!

"Foooo「제압해!」 아얏?!"

"저항하지 마라!"

내가 또 흥분을 하려던 순간, 갑옷을 입은 사람들이 나를 제압했다. 뭐야?!

"이 녀석이 틀림없지?"

"으, 응……. 가게 앞에서 난리를 피우며 영업을 방해하고 있으니까, 빨리 끌고 가."

식료품점 쪽을 보니, 경멸에 찬 눈길로 이쪽을 쳐다보고 있는 아이스 양이 눈에 들어왔다.

"네놈은 누구냐?!"

기사로 보이는 NPC가 그렇게 물었다. 아니, 지금은 NPC가 아니라 『인간』인가?

아무튼 질문을 받았으면 답할 수밖에 없다.

"내가 누구냐고? 내가 바로……."

"연행해!"

"아야야야야얏! 아프다고!"

아얏! 그래도 이 고통도 신선해!

……아무래도 상관없는 일로 흥분한 나는 제3기사단에게 체포당했다. 『캐스탈 왕국 제3기사단』은 흔히 말해 경찰 같은 것이다.

"왜 그런 짓을 한 거지?"

그 기사단의 대기소에서 나는 취조를 당했다.

"아니, 그게…… 좀 흥분해서……."

마음이 진정된 나는 부끄러워하며 그렇게 대답했다.

맞은편을 보니, 플래티나 블론드 빛깔 머리카락을 모아 묶은 멋진 여성 기사가 있었다. 귀엽다기보다 미인에 가까웠다. 하지만 이런 NPC는 본 적이 없다. 즉, 이 세상에만 있는 인물인 건가?

"흠…… 네 놈, 보아하니 귀족 같구나. 어느 가문이지? 그리고 왜 혼자 있는 거냐. 시종은 어떻게 했지?"

"아, 귀족은 아닌데……."

"제3기사단에게 귀족의 특권은 통하지 않는다. 누구일지라도 법을 어기면 죄를 묻는다. 죄는 악이지. 악을 벌하고 선량한 시민을 지키는 것이 우리의 책무다."

"그러니까, 나는 귀족이……."

"실토해라, 이 악덕 귀족아! 이미 다 들통 났단 말이다!"

"으으……."

이 녀석, 진짜로 말이 안 통하네.

"그래. 입을 다무는 거냐……. 어쩔 수 없지."

스르릉 하는 금속음이 들리더니, 눈앞에 있는 여기사가 허리에 찬 쇼트 소드를 뽑아들었다. 맙소사.

"자, 잠깐만. 이야기할게, 이야기한다고!"

"흥. 처음으로 그렇게 나오란 말이다."

우와, 열 받네. 이건 완전 협박이잖아. 그래. 이 녀석, 바보 아냐? 골치 아프네. 바보는 상대하고 싶지 않은데 말이야.

"이름과 직업을 말해라."

"이름은 세컨드예요. 모험가죠."

"거짓말 하지 마라!"

"거짓말 아닌데……."

솔직하게 말했는데 부정당했다.

"네놈이 입은 옷은 딱 봐도 고급스럽지 않느냐. 모험가가 입기에는 너무 고가란 말이다."

아, 그래. 원인은 장비 때문이구나. 메인 캐릭터만큼은 아니지만 허세 좀 부릴 겸 꽤 레어한 옷을 이 녀석에게 입혔다. 그래서 나는 지금 귀족으로 오해받고 있는 건가.

……큰일났다.

제3기사단의 하층부와 귀족 사이의 알력은 게임 안에서도 유명한 이야기다. 지금 나를 취조하고 있는 이 여기사는 귀족과 유착된 상층부 밑에서 울분이 쌓일 대로 쌓인 정의감 넘치는 기사일 것이다. 눈앞에서 만연하고 있는 귀족들의 악행. 정의라는 이름하에 몇 번이나 궁지에 몰았지만, 그때마다 상층부가 손을 써서 없었던 일로 만든다. 그리고 그때마다 「자신은 대체 무엇을 위해 기사가 된 걸까」 같은 생각을 하는 것이다.

이런 느낌이려나? 아무튼 그녀는 귀족이 질색인 것이다. 그것도 남들 곱절로 말이다. 그리고 나는 귀족 같은 장비를 갖추고 있다.

……큰일났네. 내 신분을 증명할 만한 게 아무 것도 없잖아. 어쩌지.

"자아, 실토해라! 대체 무슨 짓을 꾸미고……."

바로 그때였다. 덜컹~ 하는 큰 소리가 들리며 취조실의 문이 열리더니, 체격이 건장한 중년의 남성 기사가 들어왔다.

"실비아! 이 멍청아!"

"으윽?!"

그리고 퍽 하는 둔탁한 소리가 들리게 여기사의 머리를 때린 후, 나를 향해 고개를 숙였다.

"이 바보가 실례를 범했군. 내가 대신 취조를 하도록 하지."

"아, 예."

실비아라 불린 여기사는 울먹거리며 머리를 감싸 쥐더니 「으으윽」 하고 신음을 흘리며 취조실에서 나갔다. 꽤 아파 보였다.

"아까는 미안했다. 귀하는 현재 위력업무방해 혐의로 이곳으로 연행됐다. 우선 신분과 목적을 간결하게 설명해줬으면 한다."

이 아저씨는 아까까지 아무 일도 없었다는 듯이 입을 열었다. 다행이다. 이 사람과는 말이 통할 것 같다.

"이름은 세컨드. 스물, 아니지, 으음, 열일곱 살. 모험가."

실은 「사토 시치로, 스물여덟 살, 무직, 독신」이지만, 이 캐릭터의 스테이터스는 열일곱 살로 표시되어 있기에 그렇게 말했다.

모험가라는 것도 거짓은 아니다. 뫼비온에서 플레이어는 모험가로서 세계를 여행한다는 설정이니까 말이다.

"그래. 식료품점 앞에서 괴성을 지르며 춤췄다고 하던데, 왜 그런 짓을 한 거지?"

"그게, 정신이 나가서…… 죄송합니다."

"인정하는 건가. 목적은 뭐지?"

"가게에 폐를 끼칠 생각은 없었고…… 별다른 목적도 없었어요……."

……왠지 엄청 한심하다. 이곳 또한 어엿한 **사회**라는 것을 통감했다. 게임을 하는 감각으로 지내선 안 되는 것이다.

"그래. 고의로 영업을 방해하려 한 게 아니라고 주장하는 거지?"

"예."

"알았다. 그럼 상대측에 그 의사를 전달하지. 그 사이에 약물 검사를 할 건데, 괜찮나?"

"아, 예……."

……부끄러워.

약물중독 혐의도 벗은 후, 식료품점 아이시클의 점주에게 합의금을 주고 석방됐다.

내가 잘못했다고 말하며 연거푸 고개를 숙이자, 「다음에 우리 가게에서 뭐라도 사줘」 하고 말해준 가게 주인아주머니의 상냥함은 평생 잊지 말자고 맹세했다.

"……그런데, 세상일이란 게 이렇게 쉽게 굴러가도 괜찮을 걸까?"

나는 인벤토리에 들어있는 산더미 같은 금화를 보며 그렇게 중얼거렸다. 나의 현재 소지금은 20억 CL 가량이다. 내 감각으로는 그렇게 많은 금액이 아니다.

그리고 합의금은 겨우 15만 CL에 불과했다. 15만 CL…… 내 기억이 옳다면「이걸 장비하면 초보자 탈출」이란 레벨대의 장비도 살 수 없는 금액이다.

아, 참고로 귀족으로 오해받은 레어 옷은 대기소에서 나온 후에 바로 갈아입었다. 지금은 마을의 상점에서 대충 산 황갈색과 검은색으로 된 가죽 장비를 걸치고 있다. 가슴, 다리, 손, 신발, 그리고 귀에 하는 피어스까지 포함해서 총 230만 CL이었다. 이것도 비싼 건지 싼 건지 잘 감이 오지 않았다.

으음, 서둘러 이 세상의 화폐가치를 조사할 필요가 있겠는걸.

"아."

그런 생각을 하고 있을 때,「꼬르륵~」하는 소리가 배에서 흘러나왔다. 이참에 식사를 해야겠다. 금전감각 파악도 한 끼 식사나 하루 숙박비 같은 걸로 계산해보는 게 가장 적당할 것 같았다.

아는 대로변까지 걸어온 후, 손님들로 꽤 북적거리는 목조 여관에 들어갔다. 겉보기에는 고급 숙소는 아닌 것 같지만, 그렇다고 허름해 보이지도 않았다. 비즈니스호텔 급의 여관 같아 보였다.

"하루 숙박에 얼마인가요?"

"　　"

카운터의 여자애에게 물어보니, 그녀는 입을 쩍 벌린 채 나를 쳐다보며 아무 말도 하지 못했다.

"저기, 여보세요? 하루 묵는 데 얼마인가요?"

"어, 아, 죄, 죄송해요! 으음, 하루 묵는다고 하셨죠?! 으음, 으음!"

내가 다시 말을 걸자, 여자애는 볼을 붉히며 당황했다. 그러고 보니 아이스 양과 아까 만났을 때도 비슷한 반응을 보였다. 내가 뭔가 잘못했나?

"으음, 아침 식사와 저녁 식사를 포함해서 하루 7천 CL이에요. 식사를 안 하시면 4천 CL이고요."

잠시 후, 여자애가 가격을 알려줬다. 엄청 싸네!

어, 그럼 내가 아까 산 장비는 엄청난 고급품이었던 건가? ……됐어. 이미 샀잖아. 신경 쓰면 지는 거야.

"그럼 식사 없이 닷새 묵겠어요."

"예, 알았습니다!"

카운터의 여자애는 환한 표정으로 고개를 끄덕이더니, 방 열쇠를 나에게 건넸다. 그때 손이 살짝 닿았는데, 내가 동정인 걸 티내듯 얼굴을 붉히기도 전에 상대방 여자애의 얼굴이 홍당무처럼 새빨갛게 달아올랐다. 그 모습을 보니 내 마음속의 의문이 더욱 커졌다.

나는 고개를 갸웃거리면서 오늘 묵을 방을 확인했다. 1인실치고는 꽤 넓었다. 랜턴이 있고, 침대는 적당한 수준이며, 화장실은 공용이기는 해도 수세식이었다. 1층에 욕실이 있는 것도 아까 확인했다.

나는 다시 1층에 내려간 후, 시끌벅적한 술집에서 일찌감치 저녁 식사를 하기로 했다. 카운터석에 앉은 후, 이 가게의 명물이라는 햄버거를 주문했다.

그리고 음식이 나올 때까지 기다리고 있을 때, 문뜩 위화감을 느꼈다. 전후좌우에서 힐끔힐끔, 사람들이 쳐다보고 있는 것이다.

……아하, 이제 알겠다. 어마어마하게 주목받게 있는걸.

수많은 손님들로 북적이는 술집 곳곳에서 시선이 느껴졌다. 그것도 여성의 뜨거운 눈길이 말이다.

그 순간, 내가 느낀 의문은 확신으로 변했다.

원인은 바로 『아바타』다. 기간 한정 과금 아바타가 엄청난 미남이라 이런 사태가 벌어지는 것이다.

평범한 인터넷 게임 캐릭터는 외모가 예쁘더라도 쳐다보는 사람이 없지만, 현실 세계라면 이야기가 달라진다.

엄청 기분이 좋다. 이곳이 평범한 온라인 게임 속이 아니라는 사실을 온몸으로 느끼자, 등을 타고 쾌감이 흐르면서 웃음이 샘솟았다.

뫼비우스 온라인의 세계. 여기서 쏟는 노력은 부질없지 않다. 나에게 있어 더할 나위 없는 최고의 조건이다.

「온라인 게임 같은 걸 열심히 해봤자 아무 의미도 없다」, 「온라인 게임으로 세계 1위를 해봤자 아무 소용없다」, 「빨리 현실을 직시해라」, 「학교에 제대로 다녀라」, 「성실하게 일해라」, 「앞으로 어쩔 거냐?」

지금까지 들었던 바른 말들, 마음 속 깊은 곳에 존재하던 불만. 그 모든 것이 역전된 세계다.

"하하, 하하하!"

웃음이 샘솟았다.

결심했다. 나는 다시 세계 1위가 되고 말겠다—.

# 제1장 세계 1위인 남자와 기사가 되고 싶은 여자

"으……."

숙취 때문에 욱신거리는 머리를 들고 방을 둘러보았다. 다행히도 어제 일은 꿈이 아니었던 것 같았다.

어젯밤에는 너무 과음했다. 이세계 전생을 축하한다는 대의명분하에, 잘 마시지도 못하는 술을 벌컥벌컥 마신 것이다. 이곳은 게임 속이 아니라 현실이니, 숙취로 고생하는 게 당연한데 말이다.

지금은…… 창밖에서 쏟아지는 햇살의 각도로 볼 때, 얼추 열 시즈음 같았다. 이불을 걷을 때 흩날린 먼지가 햇빛에 반짝이고 있었다. 나는 쌀쌀하다고 느끼면서 다시 이불을 배 근처까지 덮었다. 계절은 봄일까? 일상을 보내기 좋은 시기다. 왠지 공기도 맑은 것 같았다. 이렇게 멍하니 있기만 해도 마음이 정화되는 것 같았다.

그렇게 두통이 가라앉을 때까지 멍하니 있은 후, 나는 천천히 몸을 일으켰다. 그러자 약간의 식욕이 느껴졌다. 이참에 나는 늦은 아침을 먹으면서 앞으로의 방침을 정하기로 했다.

"자아, 뭘 먹지?"

오랜 솔로 활동 덕분에 버릇이 된 혼잣말을 중얼거리면서, 나는 1층의 술집으로 내려갔다.

"아, 세컨드 씨. 안녕하세요. 점심을 드시러 오셨나요?"

"아, 예. 카레라이스 부탁해요."

"알았어요~."

어느새 점심때였다. 나는 어젯밤에 봤던 인상 좋은 웨이트리스에게 주문을 한 후, 카운터에 앉아서 생각에 잠겼다.

으음. 우선적인 과제는 역시 『필수 스킬』을 습득하는 것이다. 이 뫼비온에서 필수라 불리는 스킬 말이다. 그것들을 익히지 않으면 초보자에서 벗어나는 것은 고사하고 제대로 할 수 있는 게 없다.

그러니 최우선적으로 해야 할 것은 『경험치 벌이』다.

뫼비온의 게임성은 주로 경험치 시스템에 의해 성립된다. 스킬을 익히기 위해서는 경험치가 필요하며, 스테이터스를 올리기 위해서라도 경험치를 모아야만 한다. 스테이터스는 경험치 획득 및 스킬 랭크업에 따라 늘어난다. 또한, 캐릭터 작성 때 설정한 성장 타입과 습득한 스킬 종류 및 그 랭크에 따라 성장 스타일이 달라진다. 경험치 획득 방법은 단순하며, 마물을 쓰러뜨리거나 퀘스트를 수행하면 된다.

스킬은 전투술과 마술, 생산 등으로 다양하며, 각 스킬에는 「16급~1급」 그 위에 「초단~9단」까지의 랭크가 설정되어 있다. 게다가 그 위에는 「타이틀」이라 불리는 특별 랭크가 존재하는데, 거기까지는 지금 생각할 필요가 없을 것이다. 물론 스킬 랭크를 올리기 위해서는 대량의 경험치가 필요하다.

"어라. 그러고 보니……."

나는 카레를 먹으면서 스테이터스 화면을 열었다.

아, 그래. 이 『세컨드』의 성장 타입도 『seven』과 마찬가지로 『올라운더』다. 올라운더란 경험치 획득에 따른 스테이터스의 상승이 전체적으로 균일하다. 좋게 말하면 세계 1위에 적합한 타입, 나쁘게 말하면 뭐 하나 제대로 할 줄 아는 게 없는 타입이다. 뭐, 언젠가 모든 스킬을 끝까지 올려서 세계 1위가 될 거라면 스테이터스가 한쪽으로 치우치는 특화형보다는 모든 스테이터스를 끝까지 올릴 수 있는 올라운더가 압도적으로 낫다. 그 대신, 다른 성장 타입보다 초반 육성이 꽤 힘들다.

……그렇다면, **그 방법**을 쓸 수밖에 없나.

나는 빈 카레 접시를 카운터에 올려둔 후, 「잘 먹었습니다」 하고 말하면서 음식값을 지불하고 술집을 나섰다.

그리고 내가 향한 곳은 이 왕도에서 가장 큰 포션 전문점이었다.

"이 『해독·해주·회복 하이포션++(플러스플러스)』을 있는 대로 다 주세요."

"예…… 엣?!"

점원은 내 말을 듣더니, 영문을 모르겠다는 듯이 아연실색한 표정을 지었다.

"저기, 실례지만 재고를 포함하면 가격이 어마어마……."

"몇 개나 있죠?"

"으음…… 현재, 630개가량 있습니다."

"그럼 전부 주세요."

"아, 예……."

점원은 눈앞이 빙글빙글 도는 듯한 반응을 보이며 고개를 끄덕이더니, 가게 안으로 들어갔다. 아마 재고를 가지러 갔으리라.

해독, 해주, 회복 효과를 지닌 2단계 강화 하이포션은 개당 12만 CL이다.

12만 CL×630개=7,560만 CL…… 뭐, 푼돈이다. 600개가량으로는 좀 불안하지만 어쩔 수 없다.

"오, 오래 기다렸습니다."

땀으로 범벅이 되며 630개의 포션을 가지고 온 점원에게 고맙다는 말을 한 후, 상품을 확인했다. 딱히 문제는 없었다. 현금으로 일시불 지급을 한 후, 포션을 전부 인벤토리에 넣었다.

"나중에 9,000개 정도 필요하니까, 확보해 주세요. 근시일 내에 사러 오죠."

나는 그 말을 남긴 후, 가게를 나섰다.

자아. 이 고급 포션으로 뭘 할 거냐면…….

예전에 뫼비온 안에서 「다이퀘 전법」이라 불렸던, 반칙급 초반 경험치 벌이를 할 것이다.

이 다이퀘 전법이란, 먼 옛날에 나온 8bit게임 『다이너소어퀘스트』에 존재했던 「고정 대미지를 가하는 아이템을 회피율이 높은 적에게 던져서 쓰러뜨린다」는 전법을 참고해서 만든 경험치 벌이 방법이다.

누가 발견한 건지는 모르지만, 사실 해독과 해주와 회복의 효과를 겸한 포션에는 언데드 계열 마물에게 고정 대미지를 가하는 효과가 있다.

오늘 구입한 『해독·해주·회복 포션++』에는 언데드에게 고정으로 1,200 대미지를 가한다. 이것은 바이퍼 좀비라고 하는 언데드 중에서도 비교적 경험치가 짭짤한 중급 마물의 HP(히트 포인트)를 아슬아슬하게 죽일 수 있는 대미지량이다.

즉, 초보자든 세 살짜리 꼬맹이든 간에 바이퍼 좀비에게 이것을 던지기만 하면 해치울 수 있는 것이다.

멋지고 쉬우며 간단한데다 효율이 좋은 경험치 벌이 방법이다. 하지만, 이 방법은 일부 상급자의 서브 캐릭터만이 쓸 수 있다.

왜냐하면, 돈이 어마어마하게 들기 때문이다.

다이퀘 전법을 써서 중급자라 불리는 레벨의 스킬과 스테이터스를 확보할 수 있는 경험치를 벌기 위해서는, 이 포션이 최소 1만 개는 필요했다. 총 12억 CL이 드는 것이다. 그런 금액을 준비할 수 있는 건 따로 메인 캐릭터가 있는 자들뿐이다.

게다가 마물을 쓰러뜨려서 얻는 경험치는 자신의 누적 획득 경험치량에 따라 변동된다. 즉, 경험치를 얻으면 얻을수록 약한 마물에게서 얻는 경험치가 적어지는 것이다. 그러니 바이퍼 좀비가 졸개 수준이 될 정도로 경험치를 벌어서 강해져버린다면, 이제 다이퀘 전법은 아무런 의미도 없다.

그러니 다이퀘 전법은 돈 걱정 없이 초반 경험치 벌이를 할 때라면 우수한 전략이지만, 초반에만 가능하며 중급자 수준을 넘어서면 의미가 없어진다.

그래도 가급적 빠르게 강해질 방법으로서는 이것만한 것이 없지만 말이다.

"내가 이걸 쓰게 될 줄이야……."

왕도에서 말로 두 시간 거리에 있는 광산 뒤편의 거대 동굴 안. 유명한 사냥터지만 지금은 아무도 없다.

어쩌면 이 세상에서는 아직 다이퀘 전법이 발견되지 않은 걸지도 모른다. 어쩌면 포션이 너무 비싸서 아무도 하지 않거나, 혹은 초보자의 숫자 자체가 적은 걸까. 잘은 모르겠지만, 아무도 없다면 마음껏 사냥을 할 수 있으니 차라리 잘 됐다.

그런 생각을 하며 동굴을 따라 한동안 나아가보니, 어떤 사실이 판명됐다. 거대 동굴 안은 게임을 할 때보다 훨씬 어두웠던 것이다. 잡화점에서 사뒀던 휴대용 석유등을 인벤토리에서 꺼내서 왼손에 든 후, 길을 나아갔다. 가장 비싼 석유등을 사서 그런지, 이번에는 동굴 안에 너무 밝았다.

"……우와."

저기 있다. 발견했다. 바이퍼 좀비 무리가 꿈틀거리고 있었다. 몸길이가 1미터가 넘고, 뱀 혹은 곰치처럼 꿈틀대는 마물이다. 보고 있기만 해도 소름이 돋을 정도다. 점액으로 범벅이 되어 있어서 질퍽질퍽한 소리가 날 뿐만 아니라, 악취 또한 엄청났다. 오감 전부를 괴롭히는 최악의 상태다.

빨리 끝내고 돌아가고 싶었다. 나는 타깃으로 지정당하지 않기 위해 몰래 다가간 후, 포션을 하나씩 던졌다.

푸쉭, 푸쉭— 포션을 뒤집어쓰자, 바이퍼 좀비는 기묘한 소리를 내며 한 마리씩 증발하며 사라졌다.

아…… 기분 좋네.

마물을 전부 해치운 후, 다음 사냥터로 향했다. 그렇게 다른 곳을 돈 후에 처음 사냥터로 돌아오니 또 바이퍼 좀비가 생겨나 있었기에 쓸어버렸다. 그렇게 잠시도 쉬지 않으며 포션을 계속 던지자, 금새 630개를 전부 썼다.

경험치량은 나쁘지 않았다. 이대로 가면 머지않아 필수 스킬을 대부분 익히고 스킬 랭크도 올릴 수 있을 것 같았다.

"아차. 해가 졌네."

동굴에서 나와 보니, 어느새 해가 졌다. 사방이 어두웠다. 그리고 왕도를 나설 때 사뒀던 내 말이 보이지 않았다. 설마 도망친 걸까? 꽤 비싼 말이었기에 좀 불안했다.

"부히힝."

……하지만 근처에 있었다. 털이 검은색이라 어둠 속에서 잘 보이지 않았을 뿐이다. 오오, 좋아. 세븐스테이오. 너는 시꺼메서 잘 안 보인다고. 어떻게 해 봐.

"아, 맞다."

나는 문득 생각났다. 경험치가 꽤 들어왔으니 《승마》 스킬을 익히기로 했다. 습득 조건은 5분 이상 말을 타는 것이니 이미 충족시켰다. 나는《승마》랭크를 16급에서 단숨에 9급까지 올렸다.《승마》는 9급부터 가속과 안정면에서 매우 좋아진다. 필요 경험치량도 많지 않으니, 초반에는 9급까지 올려두는 게 가장 가성비가 좋다는 것이 상식이다.

"좋아~. 돌아가자, 세븐스테이오."

나는 세븐스테이오에 올라탄 후, 왕도로 향했다. 광산에서 왕도로 이어지는 길은 뫼비온 초보자 시절에 수도 없이 왕복했기 때문에 눈을 감고도 갈 수 있다. 세븐스테이오도 길을 따라 거침없이 나아갔다. 이 녀석은 밤눈이 꽤 밝은 것 같았다.

한동안 나아가자, 가로등 불빛이 보이기 시작했다. 드디어 왕도에 도착한 것이다. 밥 먹고, 술 마시고, 목욕한 후에 자야지!

"멈춰라!"

……어이쿠. 불길한 예감이 드는걸.

"네놈은 누구냐!"

그 목소리는 귀에 익었다. 실비아란 이름의 머리 나쁜 미인 여기사다.

"아…… 어제는 실례했어."

나는 말에서 내리며 인사를 했다. 좀 부끄러웠다.

"음, 어제 만났던 세컨드란 녀석이군. 이런 늦은 시간에 뭘 하고 있는 거지?"

실비아는 나를 기억하는 것 같았다. 게다가 태도 또한 아주 약간이지만 부드러워진 듯한 느낌이 들었다. 아마 상사한테 호되게 꾸중을 들은 것 같았다.

"아, 광산에 좀 다녀오는 길이야."

"광산? 네놈이? 거기에 뭘 하러 간 거지?"

실비아는 미심쩍은 눈길로 나를 쳐다보았다. 불심 검문이라도 하는 것 같았다. 왕도의 경찰께서는 참 고생이 많은걸.

"경험치 벌이를 하고 오는 길이야. 광산 뒤편에 있는 동굴에서 말이지."

"……이 자식, 거짓말 좀 작작 해라. 그렇게 위험한 장소에 마물을 해치우러 일부러 다녀왔다고? 이해가 안 되는군."

"뭐……?"

나는 영문을 모르겠다는 반응을 보였다.

"그게 무슨 소리야? 거기서 출몰하는 바이퍼 좀비는 꽤 짭짤하잖아?"

"흠. 그래. 이제 알겠다. 네놈은 상식이 없는 것 같구나. 혹은 머릿속의 나사가 부족한 거야."

실비아가 불쌍한 사람을 본 듯한 눈길로 나를 쳐다보았다. 왠지 화가 나는걸.

…………응? 잠깐만 있어봐. 이 녀석, 방금 「위험」하다고 말했지?

그 순간, 나는 직감했다. 혹시…….

"저기, 뭐 하나 물어봐도 돼?"

"……좋다."

실비아가 인상을 한껏 쓰며 고개를 끄덕이자, 나는 확인 삼아 질문을 던졌다.

"던전은 총 스물한 곳이 존재하지?"

뫼비온의 묘미라 할 수 있는 던전의 숫자는 총 스물한 개다. 플레이어는 던전 공략에 도전하고, 정보를 공유하며 각자가 편리한 공략 방법을 모색하는데…….

"무슨 소리를 하는 거지? 던전은 총 열아홉 개다."

역시 그랬다. 그렇다면—.

"그 중에 몇 개나 공략됐어?"

"그야 물론 열세 개지."

우, 우와…… 말도 안 돼…….

"알았어. 고마워. 이제 가 봐도 될까?"

"흥. 빨리 꺼져라."

이상한 녀석을 보는 듯한 실비아의 눈길을 등으로 느끼며, 나는 여관을 향해 말을 몰았다.

……그래. 얼추 이해했다.

이 세상에서는 죽음=죽음, 인 것이다.

5분 전의 나라면, 무슨 당연한 소리를…… 하고 생각하며 웃었을 것이다.

하지만 웃을 일이 아니다. 즉, 이곳에서는「죽음의 위험을 일부러 감수하면서까지 강해지려 하는 사람이 적은 것」이다. 왜냐하면「죽으면 끝」이기 때문이다.

그리고「수천 번, 수만 번 죽음의 위험을 감수해야만 알 수 있는 정보를 나는 알고 있는 것」이다.

그것은, 즉…….

“하, 하하하, 하하하하하하!”

웃음을 참을 수가 없다.

생각했던 것보다 빨리 세계 1위라는 꿈을 이룰 수 있을지도 모른다.

◇◇◇

아침이 되었다. 개운한 기분으로 잠에서 깨어난 나는 술집에서 아침을 먹었다.

오늘은 왕립 대도서관에 갈 예정이다. 경험치를 어느 정도 모았으니, 다음으로 향해야 할 장소는 바로 거기다.

『왕립 대도서관』— 통칭 「코믹 마켓」. 아마 이 세계에서는 그런 별명으로 불리지 않겠지만 말이다.

그곳이 코믹 마켓이라 불리는 이유는 바로 뫼비온의 스킬 습득 시스템 때문이다.

스킬을 습득하는 조건은 크게 두 가지다. 하나는 스킬 서적을 읽는 것, 그리고 다른 하나는 스킬 습득 퀘스트를 완수하는 것이다. 전자에는 기본적인 스킬이 많으며, 후자에는 응용 스킬이 많다.

그리고 왕립 대도서관에는 수많은 스킬 서적이 존재한다.

이제 짐작이 될 것이다. 뫼비온을 갓 시작한 초보자들은 『캐스탈 왕국』의 『왕도 빈스턴』을 방문하면, 우선 왕립 대도서관에서 스킬 서적을 읽는다. 읽는다고 해도 페이지를 몇 장 넘기기만 하면 조건이 충족되며, 가장 오른편 책장의 서적부터 꺼내본 후에 꽂아 넣기를 반복하는 것이다. 수많은 초보자 플레이어와 서브 캐릭터 육성자들은 줄을 지어서 묵묵히 그런 행동을 하며, 그 모습이 코믹 마켓을 연상케 하기에 그런 별명이 붙었다. 그 중에는 「최후미」라 적힌 플래카드를 직접 만들어서 들고 있는 자나 「○○○ 매진」 같은 채팅을 입력하며 영문 모를 정보전을 펼치려 하는 괴짜도 있었다.

……그런 예전 일을 떠올리는 사이, 어느새 왕립 대도서관에 도착했다. 입장료인 2,000 CL을 지불하고 안에 들어갔다. 나는 바로 오른편 구석의 책장에 가서, 코믹 마켓에 온 것처럼 고속 스킬 서적순례를 시작했다.

그렇다. 경험치를 벌었으면, 다음으로 할 것은 바로 스킬 습득이다. 뫼비온이란 게임을 제대로 플레이하기 위해서는 스킬을 꼭 익혀야만 하는 것이다.

이번에 익히려 하는 것은 【검술】, 【궁술】의 기초적 스킬을 두 개씩, 그리고 【마술】의 1형이라 불리는 스킬을 네 가지 속성별로 각각 익힐 것이다.

【검술】, 【궁술】만이 아니라 【창술】, 【체술】, 【방패술】 등의 다양한 종류의 전투계 『대(大) 스킬』에는 각각 「보병·향차·계마·은장·금장·각행·비차·용마·용왕」이라는 아홉 종류의 『소(小) 스킬』이 존재한다. 이번에는 【검술】의 《보병검술》, 《향차검술》과 【궁술】의 《보병궁술》, 《향차궁술》, 이렇게 네 개를 습득할 예정이다. 보병은 일

반공격, 향차는 관통공격 스킬이다.

여기까지는 크게 무리 없이 습득할 수 있었다. 다음은【마술】이다.

【마술】에는 불·물·바람·흙의 네 가지 속성이 존재하며, 각각 1형·2형·3형·4형·5형으로 다섯 종류가 있다. 왕립 대도서관에 놓인 마도서는 뫼비온에서와 마찬가지로 네 가지 속성의 1형뿐이었다. 그렇다면 아마도 2형과 3형의 마도서는『왕립 마술 학교』에, 4형의 마도서는 던전 공략 보수로, 그리고 5형의 마도서는 고난이도 퀘스트 완수 후에 획득할 수 있을 것이다.

그런 생각을 하는 사이, 1형은 순조롭게 습득했다. 여기서 익히고 싶었던 기초적인 스킬 서적은 전부 읽었기에, 나는 도서관을 나섰다.

앞으로의 방침은【궁술】→【검술】→【마술】→【소환술】순서로 육성하는 것이다.【궁술】이라는 원거리 공격으로 안전성을 확보하며 경험치를 번 후, 다음으로 대미지 효율과 쓰임새가 좋은【검술】로 지반을 다진다. 그리고 화력이 뛰어난【마술】을 한 수 위의 상대와 싸울 때에 대비한 비장의 카드 삼아 준비한다. 그런 계획이다.

네 번째로 육성할【소환술】을 비교적 빠른 단계부터 육성하자고 생각한 이유는 바로 내 아바타 때문이다. 이 서브 캐릭터「세컨드」를 만들 때 구입한『기간 한정 아바타』에는『프리미엄 정령 티켓』이 딸려 있다. 이것을 쓰면 레어한 정령을 소환할 확률이 매우 높아진다. 강력한 정령을 소환할 가능성이 높은 만큼,【소환술】을 육성해 둘 필요가 있는 것이다. 하지만【소환술】은 메인으로 삼아서 전투를 치르기엔 한계가 있는 보조적 스킬이기 때문에, 【궁술】, 【검술】, 【마술】을 어느 정도 올린 후에 육성하는 편이 좋을 거라고 판단했다.

자아, 방침을 정했으니 습득한 스킬에 경험치를 투자해서 랭크를 올리자.

《보병궁술》을 16급→3단으로, 《향차궁술》을 16급→초단으로 올렸다. 이것이 궁술만으로 싸우기 위해 필요한 최소한의 랭크라고 생각한다. 【마술】 네 가지 속성의 1형은 전부 16급→5급까지 올렸다. 1형은 5급부터 발동 준비 시간이 단축되는 것이다. 다른 것은 16급으로 둬도 괜찮다고 생각하지만, 일단 《보병검술》만 9급까지 올렸다. 피치 못해 근거리 전투를 벌이게 됐을 때의 보험 삼아서 말이다.

여기까지 올리자, 배분할 수 있는 경험치가 바닥났다. 뭐, 예상했던 바이기는 했다. 기초 스킬은 일단 이 정도면 될 것이다. 나중에 또 필요해지면 코믹 마켓에 가서 습득하면 된다.

"좋아. 궁술의 필수를 익혀야겠지."

【궁술】의 필수 스킬은 보병과 향차를 포함해 계마, 은장, 금장, 각행, 비차다. 거의 대부분인 것이다. 하지만 용마와 용왕만은 필요 없다. 매우 강력하기는 하지만, 준비 시간이 길어서 쓸 기회가 적을 뿐만 아니라 코스트를 많이 잡아먹기 때문에 육성 중인 캐릭터에게는 실용성이 떨어지는 스킬이라고 나는 생각한다.

《계마궁술》은 정밀저격, 《은장궁술》은 강력한 단일공격, 《금장궁술》은 범위공격+넉백, 《각행궁술》은 강력한 관통공격, 《비차궁술》은 매우 강력한 단일공격이라는 특성을 지닌 스킬이다. 특히 《계마궁술》과 《금장궁술》과 《비차궁술》, 이 세 가지는 필수 중의 필수 스킬이다. 이것들을 익히기만 해도 사용 가능한 전법이 어마어마하게 늘어난다.

하지만 이런 스킬은 보병이나 향차의 기초 스킬과 달리, 스킬 퀘스트를 완수해야 한다. 그리고 각각의 습득 조건을 만족시키기만 하면 되며, 따로 퀘스트를 받을 필요는 없다.

나는 무기점에 들러서 활을 샀다. 구입한 활은 롱보우다. 심플하고 스탠다드한 대궁(大弓)이다.

"좋아. 가자~, 세븐스테이오."

여관의 마구간에 가서 세븐스테이오에 올라탄 나는 출발했다. 목적지는 또 광산이다.

도중에 잠시 숲에 들렀다. 그리고 흙 위를 껑충껑충 뛰고 있기만 한 슬라임을 향해, 나는 말 위에서 롱보우로 《보병궁술》의 일격을 날렸다.

공격은 빗나갔다. 한 번에 명중할 거라고 생각하지 않았던 나는 또 한 번, 또 한 번 공격을 반복했다.

「피낏!」 하는 단말마를 지르면서 숨을 거둔 슬라임이 그대로 산산조각 났다. 나는 숲을 빠져나간 후, 스테이터스를 확인했다.

"좋았어."

습득 조건을 만족한 덕분에, 궁술의 스킬 란에 《계마궁술》이 추가됐다. 조건은 매우 간단하며, 「말 위에서 마물을 해치울 것」 뿐이다.

그 후에도 광산으로 향하는 도중에 《은장궁술》과 《금장궁술》의 습득 조건을 충족시켜서 스킬을 익혔다. 각각 「스무 번 연속으로 일격에 마물을 해치울 것」, 「3미터 이내에 있는 마물을 열 마리 연속으로 해치울 것」 같은 간단한 조건이다.

그 다음에 익힐 것은 《각행궁술》이다. 이 녀석은 좀 성가시다. 「《향차궁술》로 마물 다섯 마리를 동시에 해치울 것」과 「《향차궁술》과 《계마궁술》을 복합적으로 써서 25미터 이상 거리에서 마물 두 마리를 동시에 해치울 것」이라는 두 조건을 충족시켜야만 한다.

나는 광산에 들어간 후, 불개미 무리를 찾기 위해 돌아다녔다. 불개미란 하급 마물은 한 마리 한 마리는 약하지만 수십 마리가 무리를 지어 행동하면서 팀플레이로 공격을 해온다. 특히 그 소굴에는 수백 마리나 되는 숫자가 뭉쳐 있어 포위당하면 매우 위험하다. 하지만 거리만 충분히 벌리면 쉬운 상대다. 매우 먼 거리에서 《향차궁술》을 쓰면 두 조건을 동시에 클리어할 수 있다.

"아, 저기 있네……."

나는 불개미 무리를 발견한 후, 숨을 죽이고 살금살금 다가갔다. 그리고 눈짐작으로 30미터 정도 떨어진 곳까지 다가간 후, 《계마궁술》을 쓰며 조준을 했다.

푸슉 하는 기분 좋은 소리와 함께, 화살이 붉은색과 흰색 이펙트를 두르며 날아갔다. 붉은색이 향차, 흰색이 계마의 이펙트다.

"……좋았어."

나는 작은 목소리로 그렇게 말하며 주먹을 말아 쥐었다. 화살은 불개미를 열 마리 이상 꿰뚫었다. 작전은 한 번에 성공했고, 스킬란에는 《각행궁술》이 추가됐다.

나는 불개미에게 들키지 않도록, 서둘러 그 자리를 벗어났다.

자아, 마지막은 《비차궁술》이다.

이것이 가장 성가시면서도, 가장 강력한 스킬이다.

왜 강력하냐면, 이것은 화력을 상징한다 해도 과언이 아닌 『배율 공격 스킬』인 것이다. 16급에서도 순수 화력 250%의 위력으로 단일 공격이 가능하며, 9단까지 올린다면 그 배율은 600%까지 상승한다. 【궁술】에 있어서 가장 손쉽게 엄청난 화력을 발휘할 수 있는 실용성 만점의 단일공격 스킬이다.

하지만 습득 조건이 매우 성가시기 때문에, 다른 성가신 스킬을 포함하더라도 워스트10 안에 들어간다고 여겨질 정도다.

그 조건이란 우선 「《은장궁술》로 천 마리의 마물을 해치울 것」. 이것은 게임을 진행하다보면 어느새 충족시키니 그나마 괜찮다. 다음은 「《은장궁술》로 크리티컬 히트 500회」 이것도 어느새 충족된다.

크리티컬 히트란, 스테이터스 중 하나인 LUK(행운) 수치와 《크리티컬》 스킬의 스킬 랭크, 그리고 장비의 추가 효과에 의존해 발생률이 변동되는 배율 상승 현상이다. 발동되면 크리티컬 랭크 16급에서 150%, 9단에서 300%나 대미지가 상승한다. 습득은 간단하며, 한 번이라도 크리티컬 히트가 발생하면 익힐 수 있다.

크리티컬 발동율의 계산식은 「LUK/10+보정치」다. 현재 나의 《크리티컬》 랭크는 16급이며 LUK의 수치는 31, 장비효과는 없다. 그러니 발동율은 16급의 보정+10%와 LUK 31을 10으로 나눠서 합친 수치이니, 약 13% 정도다. 참고로 크리티컬 랭크 9단이면 +40%의 보정이 이뤄진다.

생각이 약간 어긋나갔다. 《비차궁술》의 습득 조건에 대해 계속 집중해보자.

아무튼, 아까 말한 두 가지 조건은 시간만 있으면 여유롭게 클리어할 수 있다. 문제가 무엇이냐면, 바로 마지막 조건이다.

그것은 「다른 플레이어를 공격해 HP를 50% 이상 감소시킨 마물을 《계마궁술》과 《은행궁술》을 복합적으로 쓰며 5미터 이상의 거리에서 세 번 연속으로 일격에 해치울 것」이다.

머릿속에 떠올리기만 해도 귀찮다.

우선 누군가가 마물에게 습격을 당하는 상황을 봐야 한다. 그리고 그 녀석의 HP가 50% 이상 깎일 때까지 기다려야 한다. 게다가 일격에 해치워야 하니 적이 강력한 마물이면 곤란하다. 그리고 한 번이라도 실패하면 또 처음부터 다시 해야 하는 것이다. 완전 최악이다.

온라인 게임에서라면 남에게 HP가 50% 이상 깎여달라고 부탁한다…… 같은 식으로 비교적 쉽게 수행할 수 있을지도 모르지만, 이곳은 실제 세계다. HP가 50%나 깎인다는 것은 목숨이 위험해진다는 것을 의미하는 것이다. 부탁을 해봤자 무리일 것이다. 그런데도 그런 상황에 세 번이나 마주치라고? 그게 무리다.

하지만 《비차궁술》은 꼭 익히고 싶다. 【궁술】에서 꼭 필요한 스킬인 것이다.

"……뭐, 일단 다른 조건부터 클리어하자."

나는 은장궁술로 마물 천 마리 해치우기와 크리티컬 500회 조건을 충족시킨 후에 기회를 노리기로 했다.

그리고 그 기회는 뜻밖의 형태로 나에게 찾아왔다.

◇◇◇

전생을 하고 일주일이 흘렀다.

경험치 벌이는 순조롭게 진행되고 있으며, 포션 전문점의 점장 및 점원과 즐겁게 잡담을 나눌 수 있을 만큼 『다이퀘 전법』을 썼다. 앞으로 500번만 더하면 1만 번을 채운다.

스킬 랭크 상승도 순조롭다. 《비차궁술》은 아직 습득하지 못했지만, 그 외의 【궁술】 스킬은 익혔다. 《향차궁술》, 《계마궁술》, 《은장궁술》은 5단까지만 올렸다. 각각의 효과는 「110%의 관통공격」, 「저격 성공률 90%」, 「200%의 단일공격」이다. 《금장궁술》과 《각행궁술》은 3단까지만 올렸다. 각각의 효과는 「80%의 범위 공격+넉백」과 「180%의 관통공격」이다.

이만큼 올리고도 경험치가 꽤 남은 것을 보면, 다이퀘 전법이 얼마나 반칙인지 짐작할 수 있을 것이다.

또한 【궁술】 스킬을 꽤 올린 덕분에 스테이터스 중에서 DEX가 꽤 상승했다. AGI도 좋아졌다. DEX는 손재주를 관장하는 스테이터스지만, 【궁술】에서는 화력에 직결되는 수치다. 높으면 높을수록 화살의 위력이 상승하기에 나쁠 게 없다. AGI는 민첩함을 관장하는 스테이터스이며, 이것도 높으면 높을수록 전투가 유리해진다.

"슬슬 검술도 건드려볼까."

나는 그런 생각을 하면서 동굴을 향해 걸어갔다.

세븐스테이오도 내 혼잣말에 동의하듯 「푸힝!」 하고 울었다. 나는 일단 《비차궁술》의 습득을 멈추고, 다이퀘 전법이 얼추 마무리되고 나면 【검술】 스킬을 올리기로 결심했다.

"우와앗!"

광산에 접어들었을 즈음, 숲 건너편에서 절박한 목소리가 들렸다.

―혹시……. 나는 약간의 기대를 품으며 세븐스테이오에서 내린 후, 롱보우를 들고 숲에 뛰어들었다.

"젠장, 퇴각해라! 퇴로를 열어― 커억!"

……인간과 마물. 거친 호흡. 금속음. 흙냄새. 흘러내리는 피. 공포. 비명.

그것은 내가 아는 『뫼비우스 온라인』의 광경이 아니었다.

10미터 가량 전방에서는 제3기사단으로 보이는 기사들이 마물에게 포위를 당해 있었다. 마물은 총 여섯 마리였다. 마물의 이름은 스칼렛 맨티스. 흉흉한 붉은색을 띤 거대한 사마귀다.

제3기사단은 고전하고 있는 것 같았다. 방금 퇴각을 지시한 기사는 마물의 공격에 목이 이상한 방향으로 꺾이면서 그대로 쓰러졌다. 지면에 쓰러진 채 꿈쩍도 하지 않는 이는 방금 쓰러진 이를 포함해 다섯 명이다. 검을 들고 둘러서서 싸우고 있는 이는 다섯 명이다. 이대로 있다간 그들도 저 마물에게 유린당한 끝에 죽고 말 것이다.

"……."

그 모습을 본 나는 분노했다.

「어쩌면 비차궁술을 익힐 수 있을지도 모른다」 하고 한순간 생각하며 환희한 자기 자신에게, 「확실하게 하기 위해 남은 다섯 명의 HP가 더 깎일 때까지 기다릴까?」 하고 생각한 자기 자신에게 말이다.

그러면 안 되잖아. 인간이 죽어가고 있다고. 저건 **플레이어**가 아니라, **인간**이란 말이야.

……나와 마찬가지다. 저 사람들은 자신의 인생을 걸고 추구하던 것을 이루지 못한 채 빼앗기고 말았다. 그리고 이제는 목숨마저 빼앗기려 하고 있었다.

나는 분노에 사로잡혔다. 이제 참을 수 없다. 절대 두고 볼 수 없다. 그 **절망** 만큼은 못 본 척 할 수 없다고.

"엎드려!!"

나는 목청껏 고함을 질렀다.

제3기사단에 속한 다섯 명은 화살을 든 나를 보자마자 내 지시에 따라 엎드렸다.

푸슉! ―넘실대는 진홍빛 아우라에 감싸인 《향차궁술》의 화살이 직선상에 있던 스칼렛 맨티스 세 마리를 꿰뚫었다.

몸에 커다란 바람구멍이 난 스칼렛 맨티스들은 그대로 숨이 끊어졌다. 《향차궁술》 5단의 관통력이 얼마나 대단한지 실감할 수 있었다.

"기기기기."

남은 마물 세 마리가 나를 타깃으로 삼더니, 점점 접근했다. 거리는 10미터가 약간 못 되었다. 적의 의식이 나를 향했으니, 기사들은 위기를 벗어났을 것이다.

……어라? 결과적으로 잘된 건가?

너무 「술술 풀렸기 때문」인지, 나는 갑자기 머릿속이 맑아졌다. 잘 생각해보니, 스칼렛 맨티스는 그렇게 강한 마물도 아니다. 나의 현재 스테이터스라면 이기지 못하는 게 이상할 정도다.

그렇다면, 이것은 더할 나위 없는 기회다. 나는 마음을 진정시킨 후, 《계마궁술》에 《은장궁술》을 더해서 펼쳤다.

두웅― 하는 중저음을 내면서, 거대한 백은빛 아우라를 두른 화살이 발사됐다.

선두에 있던 스칼렛 맨티스에 화살이 명중한 순간, 백은색 빛이 폭발하면서 마물의 거대한 체구 중 8할 가량을 산산조각 냈다. 스칼렛 맨티스에게 5단의 《은장궁술》은 오버킬이었던 것 같았다.

나는 주저 없이 또 화살을 쐈다. 그 화살이 명중한 마물 또한 같은 운명을 맞이했다. 그리고 마지막 한 마리에게 날린 공격은 크리티컬 히트하면서 그대로 마물을 산산조각 냈다. 무지갯빛 이펙트가 한순간 발생했다. 마물에게 가한 대미지는 「1566」이었다. 더럽게 낮네……. 뭐, 이딴 무기에 현재 스테이터스와 랭크로는 이 정도 수준일 것이다. 아직 갈 길이 멀다는 느낌이 들었다.

자아, 그럼 슬슬 확인을…….

“좋았어!”

《비차궁술》을 익혔어!

그냥 포기할까도 했지만 어찌어찌 익혔네! 내가 생각해도 완벽한 판단이었어. 도중에 생각을 바꾸기 잘했는걸. 하마터면 기회를 날릴 뻔 했다고.

……바로 그때, 나는 퍼뜩 정신이 들었다. 기사들은 어떻게 됐지?

“고맙다. 덕분에 살았— 앗.”

제3기사단의 기사 다섯 명이 주위를 경계하며 나에게 다가왔다. 그리고 나에게 고맙다는 말을 하던 기사의 목소리가 나는 귀에 익었다.

“세컨드…… 님. 당신의 조력에 진심으로 감사한다.”

여기사 실비아는 투구를 벗어서 얼굴을 드러내더니, 고개를 숙였다. 얼굴이 꽤 좋지 않았다. 당연할까. 목숨의 위기에 처했다고는 해도, 동료가 죽었으니 말이다.

“뭐, 개의치 마. 그들을 데리고 돌아가자.”

내가 그렇게 말하자, 실비아와 다른 네 명의 기사들은 정중하게 경례를 하더니 동료들의 유해를 향해 걸어갔다.

……기뻐할 때가 아니네. 나는 손바닥으로 얼굴을 찰싹 소리가 나게 때린 후, 그녀들을 도우러 갔다.

◇◇◇

첫 인상은 최악이었다.

고생을 모르며 유복한 환경에서 자라서, 남에게 폐를 끼치는 것을 아무렇지 않게 생각하는 젊은 남성 귀족이라고 생각했다.

하지만 실상은 달랐다. 그는 스칼렛 맨티스 여섯 마리를 겨우 20초 만에 해치웠다. 그것도 10미터 넘게 떨어진 위치에서, 평범한 롱보우를 이용해 말도 안 되는 위력의【궁술】을 펼쳐서 말이다.

그는 대체 얼마나 수련을 쌓은 것일까.

그를 추악한 귀족이라 여겼다는 것 자체가 송구할 정도다.

나는 어떤가? 어릴 적부터 기사를 꿈꾸며, 검술을 갈고닦아온 나는 말이다.

엉망이었다. 뭘 해도 엉망이었다. 검술에 재능이 없다며 가족에게 무시당했고, 겨우 들어간 제3기사단에서도 말단인데다, 그 중에서도 뒤떨어지고 있다.

실력이 부족했다. 그저 정의 운운만 하는 시끄러운 어린 계집으로 여겨지고 있다. 그 정의조차도 나는 관철하지 못했다.

귀족의 악행을 폭로하려 하면, 상사로부터 압력을 받았다. 그런 상사의 악행을 폭로하려 하면, 이번에는 동료가 훼방을 놨다.

전부 권력의 개들이다. 정말 질색이다. 이 왕국이, 이 제도가, 싫었다.

봐라. 동료가 죽었는데도, 이 썩어빠진 상층부는 목숨의 은인인 그를 이용해 먹으려고 머리를 굴리고 있었다.

궁지에 몰린 것 또한 무능한 지휘관과 상층부가 무모한 짓을 벌였기 때문인데 말이다.

이딴 것이 기사단인가? 내가 과거에 동경했고, 목표로 삼았던 기사의 모습인가?

그렇다면, 나는, 이제…….

◇◇◇

"세컨드 님. 모험가 길드에 들어갈 생각은 없나?"

제3기사단을 도와준 후, 내가 안내된 곳은 비싸 보이는 소파가 놓여 있는 기사단의 방이었다.

나는 그곳에서 고맙다는 말을 들을 줄 알았는데, 내 맞은편에 앉은 아저씨는 다짜고짜 이런 소리를 했다.

"모험가 길드?"

"어이쿠, 이야기가 갑작스러웠나 보군. 세컨드 님은 모험가인데도 길드에 속해있지 않다고 들어서 말이지."

확실히 나는 모험가 길드에 들어가지 않았다. 들어갈 이유가 없기 때문이다.

캐스탈 왕국의 모험가 길드는 마물 토벌 등의 의뢰 알선을 통괄하는 조직이다. 즉, 국민과 모험가 사이의 다리 역할……을 하는 건 명분이며, 실은 왕국이 모험가를 일방적으로 관리하기 위해 개인 정보를 빼가는 썩어빠진 조직이다.

왜 그런 것을 알고 있냐면, 뫼비온의 스토리에 그렇게 적혀 있었거든.

"감사하지만, 사양하겠습니다."

"호오. 나쁜 이야기는 아니라고 생각하는데 말이야."

"아뇨, 괜찮습니다."

"이유를 물어도 되겠나?"

이 아저씨, 끈질기네. 뭐가 목적이지?

"딱히 돈이 궁한 것도 아니고, 조직에 엮이는 것도 좋아하지 않아서요."

숨겨봤자 소용이 없을 것 같았기에, 나는 솔직하게 이유를 밝혔다. 그러자 이 아저씨는 「곤란하게 됐는걸」 하고 말하는 듯한 표정을 지었다. 살짝 짜증이 나네.

"무슨 문제라도 있습니까?"

"아, 기사단으로서는 세컨드 님 같은 우수한 프리 모험가를 방치해두고 싶지 않거든. 특히 이번 일로 세컨드 님의 실력이 대대적으로 알려질 테지. 이대로 있다간 특권 계급의 분들이 앞 다퉈 자네를 손에 넣으려 할 거라네."

"모험가 길드가 그들로부터 저를 지켜준다는 건가요?"

"그런 거지."

수상하다. 이 아저씨는 내 실력이 대대적으로 알려질 거라고 말했지만, 목격자는 현장에 있었던 제3기사단 사람들뿐이다. 그 녀석들이 입을 다물면 되는 문제 아닐까? 이 아저씨는 왜 이렇게까지 나를 길드에 가입시키려고 하는 거지?

……으음, 영문을 모르겠다. 길드에 들어가는 건 상관없지만, 왠지 「세계 1위」의 발목을 잡는 요소가 될 듯한 느낌이 들었다.

"역시 길드에 들어가는 건 사양하도록 하겠습니다."

"……그런가."

내가 딱 잘라서 그렇게 말하자, 이 아저씨는 그렇게 말했다. 그리고 잠시 생각에 잠긴 후에 입을 열었다.

"그럼 실비아를 자네에게 붙여주지. 제3기사단이 곁에 있다면, 어느 정도 견제는 될 거라네."

실비아…… 그래. 그녀는 고지식하지만 미인이다. 남자라면 곁에 두고 싶어 할 것이다. 그렇기 때문에, 이 아저씨의 제안을 받아들이는 게 무섭다.

아마 이것이 진짜 목적일 것이다. 이 아저씨의 진짜 목적이 뭔지는 잘 모르겠지만 말이다.

"귀족이 어떤 수를 써서 자네를 손에 넣으려 할지 모르지. 실비아는 귀족을 싫어하는 기사로 왕도에서도 유명하거든. 그녀라면 귀족을 견제하는 데 안성맞춤일 것 같은데, 어떻게 생각하나?"

이 아저씨는 연이어 추격타를 날렸다. 실비아를 어마어마하게 추

천하네.

……응? 무슨 속셈인지 좀 알겠는걸.

실비아는 귀족에게 엄격하다. 그리고 기사단 상층부는 귀족과 이어져 있다. 즉, 기사단은 실비아가 성가신 것이다. 즉, 실비아를 좌천시키고 싶은 건가?

어이쿠, 그런 거라면 이야기가 확 달라지는걸. 그렇다면 이건 나로서도 매우 좋은 제안 아닐까?

왜냐면, 호박이 넝쿨째…… 아니, 미인 여기사를 손쉽게 동료로 삼을 기회인 것이다.

"어느 정도의 기간 동안 저와 동행해주는 거죠?"

"흠. 그건 본인에게 물어보도록 하지— 실비아."

내 질문을 들은 이 아저씨가 문을 열며 실비아를 불렀다. 잠시 후, 갑옷을 벗은 실비아가 나타났다.

"실비아. 너는 이제부터 세컨드 님의 호위 임무를 맡아줬으면 한다. 그리고 임기 말인데, 기사단으로서는 너와 세컨드 님의 의견을 존중하고 싶군."

"—윽!"

실비아는 이 아저씨의 말을 듣고 깜짝 놀랐다. 그럴 만도 했다. 이것은 사실상의 좌천이다. 그것도 나와 실비아의 의견을 존중한다면, 내 말에 따라 실비아의 임기가 결정되는 것이다. 역시 기사단은 실비아를 거북하게 여기는 것 같았다.

"……."

실비아는 침묵에 잠기며 고개를 숙였다. 그에 맞춰 적당한 볼륨의 가슴이 흔들리자, 나는 무심코 그쪽을 쳐다보았다.

"희망하는 임기는 딱히 없나?"

"……예."

아저씨는 실비아가 입을 다물게 했다. 그리고 나를 향해 고개를 돌렸다. 나에게 임기를 정하라는 건가. 그렇다면—.

"2년 정도면 어떨까요?"

나는 미리 생각해뒀던 기한을 말했다. 2년. 그 정도면 충분히 세계 1위가 될 수 있다.

내 말을 들은 아저씨는 변함없는 표정으로 말했다.

"그렇게 하지."

이리하여 여기사 실비아는 내 호위가 됐다.

◇◇◇

좌천이다. 기사단에서 쫓겨난 것이다.

나는 그 사실을 곱씹으면서 세컨드 님의 호위로서 여관에 동행했고, 여관 1층의 술집에서 함께 술을 마시고 있었다.

호위이니 사양하겠다고 말했지만, 세컨드 님은 괜찮다며 계속 술을 권했다. 나는 충격적인 일이 잇달아서 그런지, 그 유혹에 지고 말았다.

"저기, 거래를 안 할래?"

바로 그때였다. 세컨드 님이 갑자기 그런 말을 했다.

적당히 술에 취했던 나는 「일단 이야기는 들어보겠다」 하고 대꾸했다. 이 거래가 앞으로의 내 인생을 크게 뒤바꿀 거라는 사실도 모른 채 말이다.

"실비아는 기사로서 좀 더 긍지를 가지고 임무를 수행하고 싶을 거야. 나는 그럴 수 있도록 돕고 싶어."

이름으로 불리자, 나는 가슴이 살짝 뛰었다. 세컨드 님은 외모가 매우 뛰어났다. 절세의 미남이라고 해도 과언이 아닐 정도다. 나는 지금까지 검술을 수련하느라 사랑이나 연애 같은 것을 할 여유가 없었지만, 이렇게 술을 마시고 있으니 그런 마음도 샘솟았다.

아니, 지금 중요한 것은 그의 이야기다. 그의 말은 지금의 내 마음을 정확하게 대변하고 있다. 긍지 높은 기사가 되고 싶다— 그것은 어릴 적부터 내가 품어왔던 꿈이다.

"만약 지금의 기사단에, 현재 상황에 싫증이 났다면, 제3기사단을 관둘 결심을 해줘. 그리고 나를 따라오지 않겠어?"

충격적인 발언이었다.

자기를 따라와라?! 이, 이 녀석이 무슨 소리를 하는 거지……?!

"무무무, 무슨, 쏘리를……."

"자, 잠깐만! 이건 거래라고 말했잖아."

그, 그렇다. 진정해라, 나. 이건 거래다. 결단코, 프, 프프, 프러포즈 같은 게 아니다. 젠장, 얼굴이 달아올라!

나는 잔 안의 술을 단숨에 들이켰다. 휴우…… 조금은 진정이 됐나.

"보아하니, 실비아는 삿된 권력에 굴하는 걸 참지 못하는 것 같아. 그렇다면 그에 걸맞은 실력을 갖추면 돼. 나에게는 너를 그렇게 만들어줄 수단이 있어."

음, 맞는 말이기는 하다. 하지만 너무 간단히 말하는 것 같은데…….

"나는 버지니아 기사작(騎士爵)의 차녀다. 기사가 되어서 공을 세우는 것이야말로 버지니아 가문에 태어난 자의 소임이지. 그래서 네 살 때부터 검술을 익혔다. 13년 간, 쭉 검술을 갈고 닦았지……. 하지만 부질없는 짓이었다. 나는 검술에 재능이 없었어. 오빠에게도, 누나에게도, 부모에게도 경멸당했지. 나는 패배자다. 겨우 기사가 되었는데, 정의를 관철하지도 못해……."

나는 구질구질한 말을 늘어놓았다. 술이 꽤나 취한 것 같았다.

"아……."

세컨드 님은 그 말을 듣더니, 머뭇거리며 입을 열었다.

"미안하지만 이 말은 해야겠어. 검술에 재능이 없다면 다른 무기를 써보는 거야. 창이나 활 같은 거 말이야."

"이, 이 자식—!"

발끈한 나는 벌떡 일어서며 세컨드 님의 멱살을 잡으려 했지만…… 곧 관뒀다.

내가 지금 뭘 하는 걸까. 세컨드 님의 말이 옳다.

나는 언제부터인가 고집스럽게 검술만 수련했다. 재능이 없다는 말을 들어도, 계속 검만…….

"……기사란…… 갑옷을 걸치고, 검을 들고, 말에 타고…… 위기의 순간에 바람처럼 나타나는 영웅이다……."

나는 기사가 되고 싶었다. 어엿한 기사가, 악에 절대 굴하지 않는 정의의 사도가…….

……한심하기 그지없는 소리였다. 눈물이 날 정도였다.

어릴 적의 내가 지금의 나를 본다면 과연 어떻게 생각할까? 분명 싫어할 것이다. 갑옷을 입었어도, 검을 들었어도, 말에 탔어도, 제 3기사단에 속했어도…….

왜냐하면, 나는 기사가 아니다. 그것은 누구보다 내가 잘 안다.

"기사란 직업에 괜한 동경심을 덧씌우는 건 관둬. 무기 같은 건 뭐든 상관없어. 중요한 건 위기의 순간에 바람처럼 나타나는 정의의 사도라는 부분뿐이야. 검이나 갑옷 같은 건 아무래도 상관없잖아?"

"……."

세컨드 님의 말이 지극히 옳다. 그렇다. 검에 집착할 필요는 없다. 중요한 것은 기사로서의 마음이다!

그렇다. 바로 그것이다! 그딴 썩어빠진 단체는 진정한 기사가 있을 곳이 아니다! 기사단을 관둔다고 기사를 관두는 건 아니다! 내가 변할 수 있는 건 지금 이 순간뿐이다!

"세컨드 님! 결심했다. 귀공을 따라가겠다!"

말하고 말았다. 하지만 후회는 하지 않는다. 나는 그에게 걸기로 결심한 것이다.

세컨드 님은 나의 선언을 듣더니, 「그래」 하고 말하며 기쁜 듯이 웃었다. 절로 볼이 달아올랐다. 어쩌면 과음을 한 걸지도 모른다.

"그럼 내 꿈을 이야기해주지!"

세컨드 님은 그렇게 말한 후, 이야기를 시작했다. 그의 꿈은 바로 「세계 1위」가 되는 것이라고 한다.

어이없어 웃음이 날 것만 같은, 그런 허황된 꿈이었다. 하지만 그 말을 하며 환하게 웃는 그의 미소는 너무나도 순수했고, 그 눈동자는 찬란히 빛나는 것 같았다. 그렇다. 이 사람은 진심으로 세계 1위를 꿈꾸고 있는 건가…… 하고 생각했을 정도다.

그렇다면 나는 그와 함께 하며 그 꿈을 이룰 수 있도록 돕고 싶다. 분명 재미있는 일이 일어날 것이다. 그런 확신이 들었다.

아아, 이렇게 개운한 밤은 처음이다. 밝은 미래가 나를 기다리고 있다—!

◇◇◇

"……휴우."

실비아와의 술자리를 마치고 방으로 돌아온 나는 침대에 걸터앉았다.

"후………… 후후, 후하하, 하하하하하!"

무심코 웃음을 터뜨렸다. 미인 여기사를 손에 넣었다!

이야~, 이렇게 작전대로 흘러갈 줄은 꿈에도 몰랐다.

마음에 상처를 입은 여성을 술에 취하게 한 후에 꼬신다고 하는 악랄하기 그지없는 방법이지만, 그게 어쨌다는 거냐. 성공하면 장

땡이다. 그리고 이것은 그녀에게도 득이 될 것이다.

실비아는 아마 【궁술】 혹은 【마술】에 재능이 있을 것이다. 13년이나 【검술】을 갈고닦았는데도 별 볼일 없다는 것을 보면, 성장 타입이 DEX 특화형 혹은 INT 특화형일 가능성이 크다. 생산 타입일 가능성도 있지만, 그것도 좋다. 아무튼 동료가 생겼다는 것은 매우 중요하다. 이것으로 마물과 전투를 치를 때의 안전성이 비약적으로 상승한다.

썩어빠진 기사단과 인연을 끊게 한 후, 내 동료가 되게 한 것도 좋다. 하지만 지금 바로 기사단에 사표를 내라고 이야기하지는 않았다.

표면적으로는 제3기사단의 인간으로서 임기인 2년을 채우는 것처럼 보이게 하지만, 실은 나에게 기사단의 정보를 흘리게 하는 스파이다. 실제로 실비아는 「세컨드를 꼬드겨서 기사단에 들어오게 만들어라」라는 지시를 받은 것 같지만, 그것을 나에게 솔직하게 전해서야 아무런 의미도 없다. 겉보기에 실비아는 자신의 직무에 충실한 듯한 인상이니, 기사단 쪽도 그녀가 지시에 따르지 않을 거라고는 생각도 못할 것이다.

완전 일석이조, 아니, 삼조, 아니다. 사조의 성과다. 내일부터 시작될 하루하루가 기대된다. 실비아의 육성, 【검술】의 필수 스킬 습득, 경험치 벌이, 던전에도 가고 싶고, 레어 아이템의 드랍을 노려보는 것도 재미있을 것 같은데……. 나는 그런 생각을 하며 침대에 누운 후, 희망에 찬 미래를 상상하며 잠에 빠져들었다.

◇◇◇

다음 날 아침. 실비아와 만난 나는 여관 1층에서 함께 아침식사를 했다.

"자아, 앞으로의 방침을 결정하자."

내가 침묵을 깨자, 실비아는 약간 미심쩍은 시선으로 나를 쳐다보았다.

"저기, 술을 너무 마셔서 그런지 어제 무슨 이야기를 나눴는지 자세히는 생각나지 않는데…… 진짜로 나에게 강해지는 방법을 가르쳐 줄 거냐?"

믿고 싶지만 믿기지 않는다는 표정이다.

"안심해. 아, 그전에 대략적으로라도 괜찮으니까 스킬과 스테이터스를 가르쳐줘."

"음…… 뭐, 어쩔 수 없지."

실비아는 잠시 망설인 후에 입을 열었다.

"나는 승마술과 검술 이외에는 딱히 올리지 않았다. 검술은 보병, 향차, 계마, 은장을 쓸 수 있지. 전부 2급이며, 승마술은 11급이다."

"그렇구나. 스테이터스는 어때?"

"……DEX가 121, INT가 103, 다른 건 전부 두 자릿수다."

"그렇구나. 참고로 STR과 AGI와 LUK는 얼마야?"

"STR은 79, AGI는 98, LUK는 15다."

"응. 알았어."

내 생각대로다. 그녀는 DEX 타입니다. 그리고 INT도 부자연스럽게 높다. 이런 타입은 뭐라고 부르더라. 그래, 『마궁술사 타입』이다.

"좋아. 방침은 정했어. 실비아, 너는 궁술을 익히도록 해."

"궁술이라고? 나는 DEX가 꽤 높지만, 활을 다뤄본 적도 없는데…… 게다가, 활은 기사에게 어울리는 무기가 아니다."

이 애가 또 이딴 소리를 늘어놓네.

"너는 아마 마술과 궁술에 특화되어 있을 거야. 그러니 마궁술사가 되는 거야."

"마궁술사? 그런 말은 들어본다."

어, 어라. 이 세상에는 없는 건가? 뫼비온에서는 꽤 인기 있는 직업이었는데 말이야.

"마술과 궁술의 복합 스킬, 몰라?"

"……모른다."

큰일이다.

"아무튼 그런 것도 있어. 그걸 목표로 삼도록 해."

실비아는 납득이 되지 않는 건지 「뭐, 알았다」 하고 말하며 고개를 끄덕였다. 그러면 여러모로 해야만 하는 일이 있다.

"그럼 오늘 예정을 말해줄게. 우선 무기를 구입하고 다음은 스킬 습득, 저녁때부터 경험치 벌이를 하자. 혹시 의견 있어?"

"잠깐만, 나는 돈이 없다. 가문에 의지할 수도 없는데……."

"돈은 걱정하지 마. 나한테 꽤 있거든."

"……혹시나 해서 묻는 건데, 돈이 얼마나 있지?"

"일주일 전에는 20억 CL 정도였는데, 지금은 8억 CL 정도야."

"　"

실비아는 턱이 빠진 것처럼 입을 크게 벌렸다.

……이상하네. 수억 CL 정도는 던전에 들어가면 금방 벌 수 있는데 말이다.

아, 그러고 보니 이 세상에서는 던전이 아직 공략되지 않았지. 그렇다면 던전을 돌며 돈을 버는 괴짜가 적은 건가. 그렇다면 던전에서 구할 수 있는 아이템에도 희소가치가 있지 않을까? 그렇다면 돈을 어마어마하게 벌어들일 수 있을 것 같은데…….

"뭐, 좋아. 그럼 가자."

내 목적은 돈벌이가 아니라 세계 1위다. 그렇기에 그런 생각을 멈춘 나는 실비아를 데리고 무기점으로 향했다.

"이용해 주셔서 감사합니다~."

무기점 점주의 기분 좋은 듯한 목소리가 울려 퍼졌다. 이번에는 실비아의 롱보우뿐만 아니라 내 롱소드도 샀다. 그러자 실비아는 「고마워」 하고 나에게 말한 후에 질문을 던졌다.

"세컨드 님은 궁술사가 아니었던 거냐?"

"오늘부터 검술도 올릴 거야."

"……으음."

실비아는 영문을 모르겠다는 듯이 신음을 흘렸다. 맞아. 실비아 입장에서 보자면 자기가 13년 동안 노력했는데도 터득하지 않았던

【검술】을 내가 간단히 「올린다」고 말하니 당황한 것이다. 좀 미안하다는 생각이 들었다.

“도서관에서 궁술의 기초 스킬을 익힌 다음, 궁술의 필수 스킬을 습득할 겸 내 검술의 필수 스킬 습득을 도와줬으면 해.”

“뭐? 아, 그래. 으, 응?”

실비아는 혼란에 빠졌다. 왠지 초보자에게 뫼비온에 대해 기초부터 가르쳐주고 있는 느낌이 들었다.

“아니, 그러니까…… 아무튼 나를 따라와.”

귀찮아진 내가 그렇게 말하자, 실비아는 볼을 붉히면서 「알았다」 하고 말하며 고개를 끄덕였다. 그 모습을 보고 가슴이 뛰었다. 미인은 여러모로 이득이네…….

“어, 어, 어어어, 어엇!”

점심 즈음. 왕도와 광산 사이에 있는 숲속에서, 실비아는 『어어어우주인』이 되었다.

“어, 어째서 그런 걸 알고 있는 거지?! 그리고 왜 아무렇지도 않게 나에게 가르쳐주는 것이냐! 귀공은 대체 정체가 뭐냔 말이다!”

실비아는 무시무시한 표정으로 나에게 따지듯 그렇게 말했다.

“왜 화를 내는 거야?”

“화난 게 아니다! 어이없어하는 것뿐이다!”

그럼 고함 좀 지르지 말아줬으면 좋겠네. 깜짝 놀랐잖아.

“각행궁술과 비차궁술의 습득 방법 같은 건! 매우 중요한 은닉사

항이란 말이다! 귀족이 대대로 계승하며 독점하고 있는 정보다!"

아…… 그렇구나. 이제 알겠다. 그래서 이 세상은 레벨이 낮은 거구나.

"귀족은 이권 같은 걸 좋아하나 보네."

"당연하지 않느냐, 이 바보야! 이런 걸 귀족들이 알아봐라! 고문당한 끝에 살해당할 거다!"

실비아는 나를 위해 화를 내고 있었다. 좋은 녀석이네.

하지만 내가 세계 1위 달성을 위해서는 실비아가 【궁술】을 익히고 후방 지원을 해줘야만 한다. 후방 지원이 《각행궁술》과 《비차궁술》을 못 써서야 동료를 두는 의미 자체가 없는 것이다.

"그럼 이 정보는 실비아가 비밀로 해줘. 그러면 되지?"

"말도 안 되는 소리 하지 마라, 이 바보야! 내가 그런 상급 궁술을 쓴다면 바로 들통 나고 말 거다, 이 바보야! 바보 멍청아!"

바보란 말이 마음에 든 건가?

"그럼 사람들 앞에서 안 쓰면 되겠네."

"크…… 그러면, 뭐……."

오, 납득했나?

"……아니, 그래도 위험해. 귀족들의 끄나풀이 어디서 훔쳐보고 있을지 알 수가 없지. 안 그래도 세컨드 님은 눈에 띄는데…… 이미 귀족들이 감시를 하고 있을 가능성도……."

실비아는 혼잣말을 계속 중얼거렸다.

"안심해. 무슨 일이 터지면 내가 지켜주겠어. 그러니까 잠자코 나를 따라와."

아까 무의식적으로 써먹었던 헌팅 대사 작전을 또 써봤다. 역시 두 번은 안 통하려나……?

"……아, 알았다."

아무래도 통한 것 같았다.

그 후, 「어어엇?!」 하고 툭하면 과민반응을 보이는 실비아를 데리고 다니며 《계마궁술》, 《은장궁술》, 《금장궁술》, 《각행궁술》을 익히게 했다. 내 때와 마찬가지로, 그녀는 별 무리 없이 궁술을 익혔다.

그리고 나 또한 《계마검술》, 《은장검술》, 《금장검술》을 습득했다. 각각 「정밀공격+급소특효」, 「강력한 단일공격」, 「전방위 범위공격」이다. 《각행검술》과 《비차검술》은 익히는 게 성가시기 때문에 나중으로 미뤘다.

내가 이런 이야기를 실비아에게 해주자, 그녀는 너무 놀라서 눈이 빙글빙글 돌기 시작했다. 왜 이렇게 당혹스러워하는 건지 물어보자, 실비아 왈 「스킬의 습득 조건을 이렇게 상세하게 파악하고 있는 자는 듣도 보도 못했다」 라고 한다.

아니, 이런 세계라면 스킬 연구자 같은 학자가 스킬의 습득 조건을 연구해도 이상하지 않을 것 같은데 말이다.

내 의문에 실비아는 「습득 조건을 알아내더라도 그걸 공표해봤자 아무런 이득도 없지 않느냐」 하고 답했다.

……맞는 말이다. 자신의 이권을 아무렇지 않게 포기하는 사람은

실제 세계에선 거의 없으니까 말이다.

"오늘 평생 놀랄 걸 다 놀란 듯한 느낌이 드는 구나."

해가 기울기 시작했을 즈음, 실비아는 그렇게 말했다.

"실은 마지막 깜짝 이벤트가 남아있어."

나는 장난스러운 어조로 그렇게 말한 후, 실비아에게 대량의 포션을 양도했다.

"아니, 이, 이런 고가의 포션을…… 이렇게 잔뜩 산거냐?!"

포션 전문점에서 대량으로 구입했을 때 놀라지 않았던 이유를 알았다. 내가 점원과 화기애애하게 이야기를 나누며 물건을 샀기에, 몇천 만 CL짜리 거래를 하고 있다고는 생각도 못한 것이다.

"아직 놀라기에는 일러. 이걸 어디에 쓸 것 같아?"

"……잠깐만. 갑자기 소름이 돋았다. 설마 이걸 전부 엉덩이에 집어넣으라는 소리를 하려는 건 아니지?"

"그런 소리 안 해. 대체 나를 뭐로 보고 그런 소리를 하는 거야?"

"괴짜다."

"주저 없이 대답하지 말라고!"

진짜 무례한 녀석이다. 이제부터 대량으로 경험치를 얻게 해주려고 했더니…….

"뭐, 됐어. 아무튼 가자."

우리는 광산 뒤편에 있는 거대 동굴로 향했다. 몇 분 후, 동굴 안에서는 오늘 들어 가장 큰 「어어어엇?!」 하는 목소리가 울려 퍼진 것은 말할 필요도 없을 것이다.

## 스킬 일람표

### 【궁술】 대미지 : DEX 의존

《보병궁술》 일반공격
《향차궁술》 관통공격
《계마궁술》 정밀저격
《은장궁술》 강력한 단일공격
금장궁술》 범위공격+넉백
《각행궁술》 강력한 관통공격
《비차궁술》 매우 강력한 단일공격
《용마궁술》 ? ? ?
《용왕궁술》 ? ? ?

### 【검술】 대미지 : STR 의존

《보병검술》 일반공격
《향차검술》 관통공격
《계마검술》 정밀공격+급소특효
《은장검술》 강력한 단일공격
《금장검술》 전방위 범위공격
《각행검술》 재빠르고 강력한 관통공격
비차검술》 매우 강력한 단일공격
《용마궁술》 ? ? ?
《용왕궁술》 ? ? ?

### 【마술】 대미지 : INT 의존

《1형》 일반공격
《2형》 범위공격
《3형》 강력한 단일공격
《4형》 강력한 범위공격
《5형》 매우 강력한 범위공격

◇◇◇

"오늘은 던전에 가자~."

"……처음 듣는 소리다."

실비아는 도끼눈으로 나를 쳐다보았다. 그럴 거야. 말 안 했거든.

"후딱 가서 금방 끝내고 돌아오자."

"그래. 세컨드 님이 그렇게 말한다면— 하고 속을 것 같으냐! 이번에는 대체 무슨 짓을 할 생각이지?!"

"이게 다 너를 위한 거야, 실비아. 비차궁술, 익히고 싶지?"

"……아니, 익히고 싶긴 한데……."

"그럼 가자고."

이번에는 을(乙)등급 던전『로이스』를 돌 생각이다. 목적은 실비아의 《비차궁술》 습득과 내 《각행검술》 및 《비차검술》 습득이다.

던전에는 갑을병(甲乙丙)이라는 세 랭크가 존재하며, 갑이 상급, 을이 중급, 병이 하급이다. 병 던전이 아홉 개로 가장 많으며, 을 던전이 여섯 개, 갑 던전이 다섯 개다. 그 위의 던전이 하나 더 있지만, 그건 지금 이야기해봤자 의미 없다.

왜 느닷없이 중급인 로이스 던전에 가느냐면, 그 이유는 세 가지다.

하나는 출현하는 마물의 공격력이다. 나는 이미 다이쿼 전법으로 경험치를 얻어서 스테이터스도 성장시켰기 때문에, 방어구를 장비하지 않더라도 하급 마물의 공격은 통하지 않는다. 그러니 《비차궁술》 습득 조건인 「플레이어의 HP를 50% 깎은 마물」이라는 점을 이루기 위해서는, 하급 마물에게 자신을 몇 번이나 때리게 하는 것보다는 중급 마물에게 두세 번 맞는 편이 간단한 것이다.

두 번째 이유는 마물의 HP와 VIT(방어력)가 낮은 점이다. 이 로이스 던전에 출현하는 마물은 전부 공격 특화형이다. 단, STR이 높은 대신 HP와 VIT가 동일 레벨 마물에 비해 약 3분의 2 수준이다. 즉, 적은 공격력이 높아서 주의해야 하지만, 방어가 약한 데다 HP도 적어서 해치우기 쉽다.

그리고 세 번째 이유는 바로 던전의 공략 보수다. 던전을 공략, 그러니까 던전 최하층까지 나아가서 보스를 해치우면 보스가 드랍하는 형태로 공략 보수를 얻을 수 있다. 로이스 던전의 보스는 「화염랑(火炎狼)」이라는 거대한 늑대 타입 마물이며, 이 마물이 드랍하는 보수는 바로 『염랑지궁(炎狼之弓)』이라는 레어무기다. 불 속성 효과를 지닌 우수한 대궁이며, 마궁술사 플레이어가 중급자에서 상급자 과정에서 가장 많이 신세를 지는 인기 무기다.

즉, 둘이서 스킬 습득 조건을 채우면서, 레어 드랍을 목표삼아 이 던전을 반복해서 도는 것이 이번 목적이다.

스킬 랭크 또한 적절하게 조정되어 있다고 생각한다. 다이궤 전법으로 어마어마하게 늘어난 실비아의 경험치로 【궁술】을 올려서 《계마궁술》과 《은장궁술》이 각각 초단이 됐다. 게다가 나의 【검술】도 《계마검술》이 3단, 《은장검술》이 초단까지 올렸다. 이것은 둘이서 로이스 던전을 돌 수 있는 최소한의 스킬 랭크다. 여차하면 나도 활을 꺼내서 화력 면을 보완하면 되고, 고급 회복 포션도 잔뜩 챙겨왔으니 어렵지 않게 던전을 돌 수 있을 거라고 생각한다.

"자아, 여기구나."

로이스 던전은 왕도 윈스턴에서 말로 반나절 거리에 있다. 비교적 가까운 곳에 있다는 점도 이유 중 하나로 추가해도 될지 모른다.

"정말 들어갈 것이냐? 괜찮겠느냐?"

나는 불안에 사로잡힌 실비아를 데리고 주저 없이 로이스 던전에 발을 들였다. 붉은 빛이 감도는 바위로 된 광대한 동굴 같은 던전이다.

"이, 이건 피인가……? 아, 핏빛 돌이구나……."

실비아는 아까부터 겁을 잔뜩 먹은 건지 주위를 쉴 새 없이 두리번거리며 롱보우를 쥐고 내 뒤를 따라오고 있었다.

"아, 저기 있네. 우리를 타깃으로 삼은 마물부터 은장궁술로 차근차근 해치워. 그리고 경험치가 쌓이면 크리티컬을 우선적으로 올리는 거야. 아직 익숙하지 않다면 계마와 은장의 복합도 연습해둬."

약 20미터 앞에 있는 적을 발견했다. 화염 리저드, 숫자는 네 마리. 이 정도는 식은 죽 먹기다.

"아, 알았다……!"

실비아는 약간 머뭇거리면서도 스킬을 제대로 발동시켰다. 괜찮을 것 같군.

실비아가 처음으로 날린 공격은 《계마궁술》과 《은장궁술》의 복합이었다. 양쪽 다 초단이다. 백은색 이펙트가 발생하며 발사된 화살은 먼 거리에서도 화염 리저드의 복부에 명중했으며, 운 좋게도 크리티컬이 발동하자— 콰앙 하는 소리를 내며 마물의 가슴에 커다란 구멍을 뚫었다.

"……어?"

실비아는 입을 쩍 벌리며 얼이 나간 듯한 반응을 보였다.

화염 리저드는 허무하게 숨을 거뒀다. 그 사이에 나는 남은 세 마리에게 《보병검술》을 한 방씩 날려서 나를 타깃으로 삼게 한 후에 《향차검술》로 단숨에 정리했다. 참고로 《보병검술》은 일반공격이며, 《향차검술》은 관통 효과를 지닌 공격이다.

《각행검술》의 습득 조건은 「《향차검술》을 사용해 마물 세 마리를 일격에 해치울 것」과 「《향차검술》과 《계마검술》을 복합해서 마물 두 마리의 급소를 동시에 꿰뚫는 것을 열 번 연속으로 성공시킬 것」이다. 이 두 조건 중 하나도 일찌감치 달성했다.

"왜 그래?"

내가 얼이 나간 듯한 실비아에게 말을 걸자, 그녀는 퍼뜩 정신을 차렸다.

"세, 세컨드 님. 나, 혹시, 어——엄청, 강해진 것이냐……?"

그리고 이제 와서 그런 소리를 했다.

"약속했잖아."

내가 그렇게 말하며 웃자, 실비아는 한순간 눈을 동그랗게 뜨더니, 활짝 핀 꽃 같은 미소를 지었다. 이렇게 보면 상당한 미인이지만, 평소에는 영……. 너는 쭉 그 표정을 짓고 있으라는 말을 하고 싶을 정도다.

그 후, 우리는 로이스 던전을 손쉽게 공략했다. 「세컨드 님!」, 「대단해!」, 「고맙다!」, 「대당해!」 텐션이 높아진 실비아는 컨디션이 좋았으며, 후방 지원으로서 매우 도움이 됐다. 동료로 삼기 잘했다.

"나는 마궁술사가 되겠다!"

실비아는 의욕이 넘쳤다. 아무래도 지금까지 자신의 실력에 반신반의해왔던 것 같았다. 뭐, 아무튼 실비아가 의욕적이라 잘 됐다고 생각했다.

"어이쿠. 실비아, 멈춰."

던전에 들어오고 여섯 시간 정도 지났다. 입구 근처의 층을 계속 돌면서 끝없이 샘솟는 마물들을 쓰러뜨린 후, 슬슬 안쪽으로 들어가자고 생각하며 발을 들인 우리는 일단 걸음을 멈췄다. 이곳에 오면서 3천 마리 가량의 마물을 쓰러뜨렸으며, 실비아의 《비차궁술》 습득 조건도 이제 가장 클리어하기 어려운 그것만 남았다.

그리고 이 자리에서 멈춰선 이유는 바로 점찍어뒀던 마물이 나타났기 때문이다.

그 녀석의 이름은 불꽃 트롤. 공격력이 엄청난 대형 마물이지만, 찬란히 빛나는 맨들맨들한 머리가 약점이며, 《은장궁술》이 초단인 실비아가 헤드샷을 성공시키면 한방에 보낼 수 있다. 전방에 있는 불꽃 트롤은 총 세 마리다. 음, 적당하네.

"5미터 이상 떨어진 장소에서 계마와 은장의 복합으로 머리를 노려. 참, 그리고 내가 신호를 보내면 쏘는 거야."

"음, 알았다. 그런데…… 뭘 하려는 거냐?"

"뭐, 보면 알아. 그리고 당황하지 마."

실비아에게 지시를 내린 후, 나는 불꽃 트롤에게 다가갔다.

내 HP는 가득차 있다. VIT 수치를 고려하면, 불꽃 트롤의 공격을 크리티컬이 터지더라도 여섯 번은 견딜 수 있을 것이다. 그러니 괜찮을 것이다.

……아니, 괜찮을 리가 없나. 엄청 무섭다. 하지만 후위에게는 《비차궁술》이 꼭 필요하거든.

아아, 코앞까지 날아왔다. 가장 가까운 곳에 있는 불꽃 트롤이 나를 타깃으로 삼았다.

그리고, 거대한 곤봉을 치켜들더니—.

"세컨드 님!!"

—그 순간, 나는 무슨 일이 일어난 건지 알지 못했다.

뇌가 뒤흔들리는 듯한 충격이 느껴지더니, 의식이 멀어졌다. 뭐야. 이렇게 아플 줄은 몰랐다고.

"쿨럭."

나는 지면에 엎어진 채, 입안에 있는 것을 토했다. 대량의 피, 그리고 깨진 어금니였다.

내 HP는 4분의 1도 줄지 않았다. 우와…… 어금니를 고칠 수 있을까. 뫼비온이라면 팔이 부러져도 고급 포션을 마시면 낫지만, 이 세상에서도 그럴 거란 보장이 없다는 점을 깜빡했다.

이거, 좀 위험한 거 아냐……?

"……아직 멀었다고~."

시야가 흔들리는 가운데, 나는 즉효성 고급 회복 포션을 손에 쥔 채로 그렇게 말했다. 극도의 고통과 충격 탓에 제대로 된 판단을 내릴 수가 없었다.

하지만 여자 앞에서는 폼 잡고 싶거든? 일단 한 방만 더 견뎌보자는 생각이 들더라고. 이 고통을 헛되이 하는 건 피하고 싶어.

나는 실비아를 힐끔 쳐다보았다. 눈물 때문에 잘 보이지 않지만, 아무래도 기다리고 있는 것 같았다.

"……히익……."

올려다봐야 할 만큼 거대한 불꽃 트롤이 나를 향해 돌진했다. 나는 무심코 비명을 지를 뻔 했지만, 억지로 참았다.

……버텨. 지금 포기했다간 얕보일 거야. 겁먹은 모습을 보였다간 한심한 녀석이라 여겨질 거라고. 나는 세계 1위야. 세계 1위가 꼴사나운 모습을 보인다는 게 말이 되냐고. 이 세상에서도, 서브 캐릭터로도, 세계 1위가 될 거야. 그러려면 후위에게 《비차궁술》이 꼭 필요하거든. 그러니 지금은 견뎌야 해. 뭐, 죽지는 않을 거야. 조금, 아니, 꽤 아프긴 하겠지만 말이지. 그래. 각오를 다져! 견뎌! 고집을 부리라고! 근성을 보여 봐! 만약 견뎌내면 엄청 폼 날 거라고! 사나이다움을 보여 봐! 세계 1위—!!!

"—크윽!!"

골프채를 스윙하듯 휘두른 곤봉이 내 몸을 벽으로 날려버렸다.

폐가 으스러진 건지 제대로 숨을 쉴 수가 없다.

하지만 그런 건 아무래도 상관없다. 문제는 대미지다. HP다. 내 HP는 어떻게…… 좋아. 좋아……!

"지금……이얏!!"

개미만한 목소리였다. 하지만 실비아는 들었다.

푸슉— 《계마궁술》과 《은장궁술》의 중저음이 울려 퍼지더니, 내 눈앞에 있는 불꽃 트롤의 머리가 산산조각이 났다. 하핫, 꼴좋다.

"……자아."

이제 두 마리 남았다. 포션을 마시고 손을 입에 넣어서 어금니가 자란 것을 확인한 나는…… 울고 싶어졌다.

관두고 싶어도 관둘 수 없게 됐다.

만약 손상된 부위가 회복되지 않았다면, 그걸 핑계 삼아 관두면 되는데…… 아아, 때려치우고 싶다……. 하지만 그럴 수가 없네…….

아냐, 약한 소리 하지 마. 빌어먹을. 이렇게 되면 할 수밖에 없다고. 나는 세계 1위야. 이 세상에서도 세계 1위가 될 거라고. 그 자리는 바로 내 것이야. 내 인생이야. 존재 의의야. 그 누구에게도 넘겨주지 않겠어.

세계 1위. 세계 1위. 세계 1위.

"세계 1위. 세계 1위. 세계 1위. 세계 1위. 세계 1위. 세계 1위. 세계 1위. 세계 1위. 세계 1위. 세계 1위. 세계 1위. 세계 1위. 세계 1위. 세계 1위. 세계 1위. 세계 1위. 세계 1위. 세계 1위. 세계 1위. 세계 1위. 세계 1위. 세계 1위. 세계 1위. 세계 1위."

중얼중얼, 중얼중얼, 염불을 외우듯 그렇게 중얼거리면서, 나는 남은 두 불꽃 트롤을 향해 천천히 걸어갔다.

"이, 바보! 바보 멍청이!!"

전부 끝난 후, 나는 차가운 바위 위에 드러누웠다. 그리고 실비아는 내 가슴에 얼굴을 묻은 채 울면서 욕을 했다.

불가사의한 충족감이 느껴졌다. 참기 잘했다고 진심으로 생각했다.

◇◇◇

"비, 비차궁술……!"

자신의 스테이터스를 확인한 실비아는 눈을 치켜뜨며 아연실색했다. 그녀의 눈은 아직도 빨갰으며, 눈은 충혈되어 있었다. 하긴, 아까까지 엉엉 울면서 무모한 짓 하지 말라는 둥, 걱정 끼치지 말라는 둥 같은 소리를 했었지. 그리고 고맙다는 말도 말이다.

……자아. 내 예상으로는 기사도를 중시하는 실비아라면, 무릎을 꿇고 이런 말을 할 것이다.

"—세컨드 님. 비차궁술 습득을 위해 필요한 일이라고는 해도, 고통을 겪게 해서 미안하다. 하지만 동료와의 약속을 지키기 위해 자신을 희생하는 그 기개에는 진심으로 감복했다. 17년 동안 살아오면서 이렇게 감명을 받은 적은 없을 정도다. 이 실비아 버지니아, 귀공과 함께하는 것을 긍지로 여기겠다. 이 자리에서 귀공에게 일

평생 충성할 것을 맹세하겠다."

거 봐. 그리고 나는 이렇게 말하는 거지.

"신경 쓰지 마. 너는 묵묵히 나만 따라오면 돼."

실비아는 그 말을 듣고 얼이 나간 것 같았다. 그리고 그녀는 곧 「하하하」 하고 웃으며 말했다.

"세컨드 님, 그런 말을 늘어놓으면 내가 입을 다물 거라고 생각했나? 정말 못 말리겠구나."

와하하. 나도 웃음을 터뜨렸다. 하하하하, 하하, 하…….

……어라, 예상이 빗나갔네?

그 후, 다시 로이스 던전을 나아가던 나는 실비아에게 일어난 약간의 변화를 눈치챘다.

겉보기에는 평소와 다름없이 「얼간이 여기사」지만, 내가 마물에게 공격을 받을 것 같으면 무시무시한 표정을 지으며 《비차궁술》로 마물을 해치웠다. 그리고 나에게 마구 설교를 하는 것이다.

아무래도 실비아는 「세컨드의 기사」가 된 것 같았다. 나를 지키는 것이 자신의 소임이라고 말했다. 으음, 기사 놀이 같은 건가? 하지만 열일곱 살이나 되어서 기사 놀이를 하는 거냐…….

그리고 나중에는 「세컨드 님은 물러나 있어라」 같은 소리까지 했다. 으음, 엄청 성가시게 구네. 뭐, 됐어. 그냥 내버려두자. 어차피 이제 남은 건 보스뿐이니까 말이야.

"여기가 화염랑의 거처야."

로이스 던전의 보스, 화염랑. 거대한 늑대 모습을 하고 있으며, 몸에 불꽃을 두른 강력한 마물이다. 불꽃 장벽 덕분에 관통공격 말고는 제대로 대미지를 줄 수 없다. 뫼비온에서 로이스 던전을 처음 찾았던 중급자들은 하나같이 「이 녀석, 되게 성가시네」 하고 평가했지만, 자세한 건 생각이 나지 않는다.

하지만 딱 하나 기억하고 있는 것이 있다. 그것은 바로—.

"좋아. **꼼수**로 죽이자."

"으, 음?"

어느 시기를 기점으로, 화염랑의 평가가 「호구」로 변모했다.

그 요인이 바로 『꼼수』다. 이 공략법이 발견된 후, 무시무시하던 화염랑은 플레이어들에게 괴롭힘이나 당하는 불쌍한 존재로 전락했다.

"잘 들어. 우선 내가 각행으로 공격하겠어. 화염랑은 나를 타깃으로 삼으며 달려올 테지. 그때 나는 금장으로 튕겨내겠어. 그러면 이번에는 실비아가 각행으로 공격해. 그리고 너를 타깃으로 삼으며 달려오는 화염랑을 금장으로 튕겨내. 그러면 내가 또 각행을 쏘겠어. 그 후에는 같은 짓만 반복하는 거야."

이것이 화염랑을 간단히 해치우는 공략법, 이름하여 금각 꼼수 플레이다. 둘 이상의 플레이어가 할 수 있는 유명한 꼼수다.

《각행궁술》은 화염랑의 불꽃 장벽을 관통할 뿐만 아니라 충분한 대미지를 입힐 수 있으며, 12급 이상이라면 타깃을 자신 쪽으로 돌아오게 할 정도의 대미지량을 자랑한다. 《금장궁술》은 금각 꼼수를 둘이서 할 경우, 9급 이상부터 가능해지는 쿨타임 감소만 만족시키면 문제될 것이 없다. 그리고 무엇보다, 화염랑의 공격 패턴은 매우 단순하며, 원거리 공격을 전혀 하지 않는다. 그렇기에, 이 악랄한 꼼수가 통하는 것이다.

"자, 잠깐만 있어봐라. 그런 게 진짜로 통하는 것이냐?"

"물론이지. 이게 가장 안전한 방법이야. 중요한 포인트는 화염랑이 최대한 접근한 순간에 각행을 쓰는 거야. 그러면 쿨타임을 벌 수 있거든. 금장의 재사용 시간 6초를 벌기 위해 최대한 시간을 끌어야 해."

"그, 그렇구나……."

"자아, 시작하자~."

나는 서슴없이 보스가 있는 장소에 들어갔다. 실비아는 약간 긴장한 것 같지만…… 곧 너무 손쉽게 이겨서 얼이 나갈 것이다.

"아우우우우우우~!"

우리를 발견한 화염랑이 울부짖으며 돌진을 해왔다.

"우, 우리를 보자마자 달려오지 않느냐!"

"좋았어. 그럼 내가 날린 후, 늑대가 나를 공격하기 직전에 각행을 써."

나는 실비아와 이야기를 하면서 화염랑을 향해 《각행궁술》을 날렸다. 검붉은 아우라를 두른 화살이 화염랑을 관통했지만, 화염랑은 꿈쩍도 하지 않았다.

"아, 안 통한 것 같은데?!"

실비아가 경악했다. 보스니까 당연하잖아. 웬만한 스킬로는 다운시킬 수 없다. 하지만 대미지는 제대로 들어갔다.

"금장은 이 정도 거리에서 쏘면 돼."

화염랑이 2미터 가량 떨어진 곳에 접근하자, 나는 《금장궁술》을 쐈다. 금색의 아우라를 두른 화살이 명중한 순간, 눈부신 황금색 이펙트가 발생하면서 화염랑은 5미터 정도 밀려났다. 《금장궁술》 최대의 매력인 넉백 효과다.

"자아~, 또 달려들 거야. 내 코앞까지 왔을 때 각행을 날려~."

"아, 아아…… 알았다!"

실비아는 아직 긴장이 풀리지 않은 것 같았다.

화염랑은 균형을 잡더니, 또 나를 돌진했다.

"크어어엉!"

나한테서 3미터 정도 떨어진 위치까지 접근했을 때, 실비아가 날린 《각행궁술》이 화염랑을 꿰뚫었다.

화염랑은 아프다는 듯이 울부짖은 후, 실비아를 노려보며 타깃을 바꾸며 그대로 돌진했다. 이 마물은 진짜 바보네.

"좀 더 아슬아슬한 타이밍에 공격해도 돼~."

나는 화염랑을 《금장궁술》로 날려버린 실비아에게 지시를 내렸다. 실비아는 진지한 표정으로 고개를 끄덕였다.

……그 후, 나와 실비아는 열다섯 번 정도 같은 짓을 되풀이했다.

나는 「심심하네~」, 「저녁에 뭘 먹을까?」 같은 말을 했다. 다섯 번 정도 했을 때부터 실비아도 내 잡담에 응해줬다. 저녁은 또 여관의 술집에서 먹자는 것 같았다.

그리고 열여섯 번째부터…….

"선~, 선~…… 선전.", "전분.", "분리!", "리히텐슈타인", "어, 그게 뭐야?", "다른 나라의 이름이다.", "……뭐, 됐어. 인~, 인감.", "감화.", "화~ 화~ 화~, 화산.", "산호.", "호——랑이털.", "털썩.", "……썩은 좀 약은 거 아냐?", "어.", "어라……."

심심풀이 삼아 『끝말잇기』를 하다 보니, 화염랑이 죽어버렸다.

"……젠장, 꽝이네."

나는 화염랑이 쓰러진 장소에 남아있는 드랍 아이템을 보고 아쉬워했다.

"음?"

실비아도 그것을 눈치채고 다가갔다.

"아니, 이건……?!"

왜 저렇게 놀라는 걸까. 『화염랑의 모피』 따위에 말이다.

"화염랑의 모피 아니냐! 이게 꽝이라는 거냐?!"

"어, 맞아."

"바보 같은 소리 하지 마라, 이 바보야! 상인에게 팔면 백만 CL은 받을 수 있는 고급품이란 말이다!"

"백……?!"

생각했던 것보다 비싸! 비싸도 너무 비싼 거 아냐?!

로이스 던전에서 구할 수 있는 아이템 중에서 가장 비싼 것은 『염랑지궁』이며, 80만~90만 CL 정도에 거래된다. 화염랑의 모피는 5만 정도에 팔리면 꽤 이득 보고 판 것이다.

단순히 생각해봐도 스무 배 이상의 가치다. 어이어이…….

그렇다면 갑등급 던전의 레어 드랍 아이템은 대체 얼마에 거래될까? ……우와, 벌써부터 입가가 씰룩거리네.

"좋아. 가지고 돌아가자."

"음. 물론이지."

나는 희죽거리며 화염랑의 모피를 인벤토리에 넣은 후, 로이스 던전을 나섰다.

보스를 해치운 후에는 지상까지 직통으로 가는 출구를 이용할 수 있게 되어 있다. 「어떻게 해서 이동시간을 단축할 것인가」는 MMORPG의 완성도에 있어 매우 중요한 부분이다. 뫼비온은 그 부분에서 엉망이었다. 순간이동 계열 마술은 상급자만 익힐 수 있는 쓰레기 시스템, 중급자 이하는 어디에 가든 말 혹은 길들인 비룡 같은 것을 타고 시간을 들여 이동해야 한다. 그러니 이런 던전의 직통 출구 같은 사소한 배려가 감사하게 느껴진다. 감각이 마비된 것이다.

"자아, 술 마시러 가자."

"그래. 바라던 바다."

밖은 어느새 저녁노을에 물들어 있었다. 즉, 하루 종일 던전에 있었던 것이다.

나는 눈부신 석양 때문에 눈을 가늘게 뜨며, 실비아와 함께 왕도로 향했다. 내가 「다음에는 공략 시간을 단축해서 던전을 돌자」 하고 말하자, 실비아는 「얼마나 말이지?」 하고 물었다. 「적어도 하루 세 번」 하고 말하자, 실비아는 메마른 웃음을 흘리며 「하하하, 바보」 하고 말했다.

그 후, 취미 이야기를 하거나, 가족에 관해 묻거나, 혹은 실없는 소리 등을 하면서 왕도 윈스턴의 여관으로 돌아갔다.

별것 아닌 대화. 평소와 다름없는 일상. 여유로운 육성.

……이게 다 뭐지. 전생에서는 생각도 못해봤던 행복이다. 나의 이세계 서브캐 생활은 실비아라는 동료를 얻은 덕분에 즐겁기 그지없었다.

그리고 육성을 하면 할수록 착실하게 다가가고 있는 것이 느껴졌다. 이 세상에서의— 진정한 『세계 1위』에 말이다.

# 한담1 생지옥에서 천국으로

“—대단합니다! 정말 대단해요! 엄청난 기록이 달성됐습니다아아아앗! seven 일섬좌(一閃座), 이번 기 최후의 타이틀인 일섬좌전을 제패하며, 타이틀 방어에 성공했습니다! 그리고! 전인미답! 통산 획득 타이틀 100기에 도달했습니다!!”

행사장 전체에 실황 중계자의 흥분한 목소리가 울려 퍼졌다.

관객석에서는 박수갈채가, 중계 모니터에서는 대량의 코멘트가 범람하고 있었다.

“게다가 연승 기록도 갱신했군요. 32승으로 늘었습니다. 통산 획득 타이틀 수, 타이틀 보유 기간, 승수, 승률, 그리고 연승기록. 전부 1위입니다. 아직 단 하나도 깨지지 않았어요. 깨질 기색조차 보이지 않습니다. 이야, 두말 할 나위 없는 세계 1위, 이번 기에도 건재하군요.”

“대단한 기록입니다! 그야말로 뫼비우스 온라인을 대표하는 플레이어예요.”

“개인으로 그를 능가하는 활약을 할 선수는 아직 등장하지 않았군요. 앞으로도 기대가 됩니다만, 솔직히 말해 그에게 이길 수 있을 것 같은 생각조차 안 든다고나 할까요……. 하하하. 이렇게 주위에 적뿐인 상황에서 더욱 페이스가 상승한 것도 이해가 안 되는 군요.”

"전 세계 랭커이자 해설을 맡아주신 T41to5uTON 씨도 쓴웃음을 짓게 만드는 이가 바로 seven 일섬좌군요! 역시 세계 1위답다고나 할까요."

"그가 대단한 이유는 단순히 강하기만 한 것이 아니라, 매력적인 플레이를 보여주는 점이라고 생각합니다. 일종의 어엿한 엔터테인먼트로서 성립하고 있다고나 할까요. 그래서 실황 중계도 이렇게 반응이 뜨거운 거라고 생각합니다."

"동감입니다! 실황 때마다 손에 땀을 쥐는 대결을 펼쳐주니, 저도 질 수 없다는 심정으로 기합을 넣고 중계를 하고 있죠. 자아, 아직 할 이야기가 많습니다만 이쯤에서 뫼비온TV를 시청해주고 계신 여러분에게 알려드릴 소식이—."

뫼비우스 온라인 세계랭킹 제1위인 seven은 바로 나다.

순위는 엘로 레이팅 시스템으로 정해진다. 하지만 통산 성적이 엄청난 나의 레이트는 압도적인 1위다. 그 누구도 나에게 범접하지 못한다. 누구도 나를 추월할 수 없다. 그리고 기록 또한 절대 깨지지 않는다.

그럴 만도 했다. 뫼비우스 온라인 같은 흔해빠진 VRMMO에 인생을 건 남자는 나뿐일 테니까 말이다.

이딴 온라인 게임에 빠져 살아봤자 뭐가 되냐고? 하하하, 멍청아. 아무 것도 안 된다고.

하지만…… 지금 생각해보면, 엄청 즐겁기는 했다. 이것이 내 청춘이었다. 내 인생의 모든 것이었다.

"대단해요, seven 씨. 멋진 승부였어요~."

누군가가 나에게 말을 걸었다. 이 녀석은 누구였더라? 아, 맞다. 같은 팀의 후배다.

뭐라고 대답할까. 어라? 내가 뭐라고 말하면 되지? 아니, 뭐라고 말했더라? 생각이 나지 않았다.

후배는 말을 이었다. 나는 대답했다. 그러는 사이, 다른 팀 멤버들이 모여들었다. 다들 입을 모아 나를 칭송했다.

"뒤풀이나 할까! 그리고 100기 달성 축하도 말이야!"

누군가가 그렇게 말했다. 「덤처럼 말하지 말라고!」 하고 누군가가 딴죽을 날렸다. 그러자 다들 「와하하!」 하고 웃었다.

그렇다. 이런 느낌이었다. 하루하루가 충실했다. 정말 즐거웠다.

팀의 거점에서 테이블에 둘러앉아, 버추얼이라고는 해도 술과 식사를 즐겼다. 그 중심은 언제나 나였다. 마음을 터놓은 동료들과의 별것 아닌 대화가, 바보처럼 시시덕거리는 것이, 저질스럽고 최악이지만, 또한 최고였다.

"그럼 슬슬 해산할까요~."

다들 떠났다. 내일 일하는 녀석, 학교에 가는 녀석, 재수생과 유급생, 전업주부도 있다. 다들 각자의 생활이 있는 것이다.

그래서 나는 혼자가 된다. 온라인 게임에 하루 종일 로그인할 수 있는 녀석은 2034년의 현대 사회에서는 드문 것이다.

"한숨 돌릴까."

나는 혼잣말을 중얼거렸다. 그 직후, 나는 관리 화면을 열어서

로그아웃을 선택했다.

파앗— 하면서 의식이 현실로 돌아갔다. 그리고 몸을 일으킨 나는 침대 옆에 놓여 있는 수납 케이스에서 액상 고영양식을 한 개 꺼내 들며 화장실로 향했다. 그리고 설탕 맛만 나는 액체를 단숨에 들이켠 후, 나는 화장실에 가서 볼일을 봤다. 허기를 떨쳐낼 수는 없지만, 필요한 영양분은 보급할 수 있다. 그리고 불필요한 것을 몸 밖으로 배출했다.

……으음, 마지막으로 화장실 청소를 한 게 언제였더라. 지지난번 대형 업데이트 때니까, 그렇다. 석 달 전이다. 냄새가 날 만 했다.

나는 화장실을 나선 후, 바로 침대로 향했다. 식사, 종료. 배설, 종료. 한숨 돌리기 완료다. 그리고 다시 뫼비우스 온라인의 세계에…….

"……어?"

로그인이 안 된다.

어라? 응? 이상하네. 어라? 왜? 어, 어째서? 어라……?

몇 번을 확인해봤지만, 무슨 짓을 해도, 몇 분을 기다려도, 안 됐다.

……조사해야 한다. 괜찮다. 괜찮을 거다. 그런 바보 같은 일이 일어날 리가 없다. 분명 운영 측에서 어떻게 해줄 것이다.

식은땀이 등을 타고 흘러내렸다. 심장이 미친 듯이 뛰고 있으며, 귀울림이 멎지를 않았고, 시야가 흔들렸다. 목 깊숙한 곳에 달군 쇠꼬챙이라도 꽂힌 듯한 불쾌감이 느껴졌다.

……그 후로 어느 정도의 시간이 흘렀을까. 필사적으로 정보를

모았고, 내 seven이 사라졌다는 것을 알았으며, 내 세계 1위가 두 번 다시 돌아오지 않을 거라는 사실을 안 순간, 나는 조용히 위 안에 있는 것을 전부 토했—.

"윽!! 하아…… 하아…… 하아……!"

꿈, 이었다.

주위를 둘러본 나는 이해했다. 왕도 윈스턴의 여관. 이곳은 내가 묵고 있는 방이다.

"……으으으."

다행이다…… 다행이다, 다행이다, 다행이다……!!

안도감이 온몸을 가득 채웠다. 예전에 이 정도로 「살아있어서 다행이다」 라고 생각한 적이 있을까. 아니, 없다. 지금, 내 온몸은 환희에 떨고 있다.

……또, 그 일상을 경험할 수 있다. 실비아와 뫼비우스 온라인을 즐길 수 있는 것이다. 나에게 이보다 더 기쁜 일은 없다.

"……휴우……."

마음이 진정됐다. 최악의 꿈을 꿨지만, 기분은 썩 나쁘지 않았다.

자아, 오늘은 뭘 할까. 로이스 던전을 돌까, 아니면 슬라임 사냥을 갈까. 아니면 기분 전환 삼아 쇼핑을 하는 것도 좋다.

그렇다. 궁술사용 경갑옷을 사주면, 실비아가 기뻐할까?

분명 기뻐할 것이다. 좋아, 그럼 겉보기에 기사 느낌이 나는 갑옷을 골라줘야겠다. 그 나이에 기사 놀이를 할 정도이니, 미련을 못

버리고 기사를 여전히 동경하고 있을 게 뻔하다.

나는 실비아가 기뻐하는 얼굴을 떠올리며, 컵에 물을 따라서 단숨에 들이켰다.

아무 맛도 나지 않는 평범한 물이다. 하지만 왠지 몸과 마음이 채워지는 느낌이 들었다.

끄르륵, 하며 몸 안 깊은 곳이 울렸다. 「아~ 살 것 같네」 하고 아저씨 같은 말을 중얼거린 나는 자조 섞인 웃음을 흘렸다.

# 제2장 왕자와 소녀와 마술 학교

3주가 흘렀다.

나와 실비아는 매일같이 로이스 던전을 돌았고, 지금은 하루 여섯 번은 그 던전을 공략할 수 있게 됐다.

던전을 되풀이해서 돈 덕분에 경험치를 잔뜩 쌓였고, 그 덕분에 나와 실비아는 「풋내기 중급자」에서 「정예 중급자」 수준으로 레벨업을 했다. 이 세계의 중급자가 일반적인 소라면, 우리는 샤토브리앙이다. 소면으로 치자면 고급 재료로 만든 수타 소면이다.

나는 【검술】 스킬 중 《각행검술》과 《비차검술》을 벌써 습득하며 순조롭게 랭크를 올리고 있다. 현재는 양쪽 다 초단이다. 효과는 「재빠르고 강력한 관통공격」과 「매우 강력한 단일공격」이다.

그리고 오늘, 그렇게 갈구하던 물건이 출현했다.

"아, 이건……?!"

실비아가 나보다 먼저 그 물건을 발견했다.

평소처럼 화염랑을 금각 꼼수 플레이로 처리하고, 이미 백 개 넘게 모아둔 화염랑의 모피를 회수하기 위해 다가갔을 때였다. 화염랑이 드랍한 것은 활활 타오르고 있는 듯한 주홍색 대궁이었다.

"드디어 나왔구나!"

아아, 오래 걸렸어……. 정말 오래 걸렸다고.

물욕 센서가 발동한 건지, 드랍율 2%인 『염랑지궁』은 좀처럼 나오지 않았다. 하지만 백몇십 번째에 드디어 나온 것이다. 고마워, 화염랑. 열 다스 넘게 죽여서 미안해.

"이것이 세컨드 님이 그렇게 갈구하던 염랑지궁이구나! 으음, 정말 강력해 보이는 구나."

실비아는 지면에 떨어진 염랑지궁을 보며 탄성을 터뜨렸다. 아무래도 이 녀석은 착각에 빠진 것 같았다.

"어이, 무슨 소리를 하는 거야. 이건 실비아, 네 거야."

"…………어? 뭐어엇?!"

그녀는 내 말을 듣더니, 눈을 치켜뜨며 경악했다.

"마궁술사가 될 거잖아? 한동안은 이 무기를 쓰면 돼. 받아."

나는 당혹스러워하는 실비아에게 염랑지궁을 준 후, 한 방 쏴보라고 말했다. 그러자 실비아는 「으, 음」 하고 말하면서 머뭇머뭇 활시위를 당겼다.

푸슉— 《보병궁술》로 쏜 화살은 불꽃을 두른 불화살이 되어 던전의 벽을 향해 날아갔다.

"아, 아니?! 이럴 수가! 정말 엄청나구나!"

갑자기 어휘가 빈곤해진 듯한 실비아가 눈을 동그랗게 뜨며 깜짝 놀랐다.

"아니, 하나도 엄청나지 않아."

"어, 뭐? 응?"

내 말을 듣고도 실비아는 「충분히 엄청난데?」 하고 말했지만, 이

정도 무기로 만족해서 기뻐하면 곤란했다. 【마궁술】로서는 걸음마 수준이니까 말이다. 왜냐하면…….

"마궁술에는 궁술뿐만 아니라 높은 수준의 마술이 요구되거든. 이 정도는 실전에서 전혀 써먹을 수 없어. 적어도 불 속성의 공격 마술 3형을 익힌 후에 기뻐해."

"……그, 그러냐. 괜히 기뻐해서 미안하다."

실비아는 풀이 죽었다. 말이 좀 심했던 것 같은 느낌도 들지만 괜찮겠지, 뭐.

"그런데 일전에 나한테 경갑옷을 사줬을 뿐만 아니라, 이렇게 좋은 활까지 줘도 괜찮은 거냐?"

"아, 괜찮아. 이제부터 나는 마술로 넘어갈 거니까 활을 쓸 예정이 없거든. 실비아가 잘 써먹어."

"정말이냐? 그럼 감사히………… 응? 잠깐만 있어봐라. 방금 뭐라고 했지?"

"마술로 넘어갈 거라는 소리 말이야?"

"그래. 나는 처음 듣는 이야기다."

"아, 미안해. 말 안 했었구나."

"……."

실비아는 「이 녀석은 정말……」 하고 말하는 듯한 눈길로 나를 째려보았다. 던전에 관한 것도, 【마술】에 관한 것도, 나는 일부러 실비아에게 말하지 않았다. 그녀의 반응이 재미있기 때문이다. 이번에는 좀 별로였지만 말이다.

"궁술, 검술에 이어서, 이번에는 마술인가……. 세계 1위도 꿈이 아니겠구나."

드디어 현실미를 띄기 시작했다. 실비아도 그렇게 느낀 건지, 약간 감탄한 듯한 어조로 그렇게 중얼거렸다.

"아직 갈 길이 멀어. 그것보다 앞으로의 일로 상의할 게 있어. 왕도로 돌아가는 길에 이야기하자."

"음, 알았다."

우리는 오랫동안 신세를 진 로이스 던전을 나섰다. 그리고 나와 실비아의 거점에 큰 변화가 발생했다.

"왕립 마술 학교와의 연줄?"

나는 왕도로 돌아가는 길에 실비아와 상의했다.

"그래. 너는 버지니아 기사작 가문의 차녀지? 혹시 거기에 연줄은 없어?"

【마술】 스킬을 습득하기 위해서는 『마도서』를 읽어야 한다. 1형의 마도서는 코믹 마켓에 있지만, 2형과 3형의 마도서는 기본적으로 마술 학교에만 했다.

게다가 나는 마술 학교 안의 어디에 그 마도서가 놓여 있는지 모른다. 뫼비온에서 메인 캐릭터를 키울 때는 시간 단축을 위해 옥션이라는 꼼수를 이용해 현실의 돈으로 2형과 3형을 입수했던 것이다. 전부 해서 3만 엔 정도 들었다. 뭐, 나에게는 현실 같은 건 존재하지 않는 거나 다름없어서 딱히 아깝지도 않았지만 말이다.

아무튼, 나는 무슨 수를 써서라도 마술 학교에 잠입해야만 한다.

왜 잠입해야 하는 것이냐면, 바로 시간 단축을 위해서다.

왕립 마술 학교는 교사와 학생 이외에는 출입할 수 없다. 정규 루트로 입학하면 안에 들어갈 수 있지만, 전입 시험과 면접 및 수속 등을 마친 후에 돈을 내고 입학을 하는 데 시간이 얼마나 걸릴지 짐작조차 안 된다. 물론 입학식 때까지 기다릴 수도 없다.

그러니 연줄을 이용해 「마술 학교를 견학 좀 할 수 없을까요?」 같은 식으로 일을 처리하고 싶지만…….

"무, 무리다. 나는 검술에 재능이 없어서 아버님에게 거의 버림받은 거나 다름없는 처지다. 그런 못난 딸의 부탁을 아버님이 들어주실 리가 없어."

"듣자하니, 네 아버지는 실력주의자시지? 그럼 실비아의 지금 실력을 보여드리면 어떨까?"

"아니, 그래도 어려울 거다. 아버지는 검술 하나로 공을 쌓아서 기사작이 된 분이거든. 검을 버리고 활로 도망쳤다, 같은 소리를 나한테 하실지도 모른다. 게다가 그 고집불통이 궁술을 받아들일지……."

실비아는 아버지를 매우 어려워하는 것 같았다. 뭐, 나도 어렴풋이 눈치는 채고 있었다.

……뭐, 어쩔 수 없지. 이렇게 되면 실비아의 아버지를 속아 넘기는 수밖에 없다.

"좋아. 나한테 좋은 생각이 있어."

"……왠지 엄청 불길한 예감이 든다만……."

"괜찮아. 사기꾼처럼 거짓말로 농락하려는 건 아니거든."

"그 말을 들으니 전혀 괜찮은 느낌이 안 들거든?!"

나는 실비아를 달랜 후, 작전의 개요를 설명했다. 이름 하여 눈 가리고 아웅 작전— 결행은 내일 하기로 했다.

◇◇◇

"처음 뵙겠습니다, 버지니아 경."

—성가시게 됐다. 딸이 데리고 온 저 검푸른 머리카락의 청년을 본 순간, 나는 그렇게 직감했다.

인사를 하는 자세 하나만 봐도 심기체(心技體) 전부 완벽했다. 검술 실력 하나만 봐도 기사작인 나에게 비견될 정도였다.

그의 아름다운 외모는 남성인 나조차 눈을 떼지 못할 정도다. 그리고 고급스러운 옷 또한 가격이 얼마일지 상상조차 안 되었다. 신발은 윤기가 넘치는 가죽제 구두였으며, 꽤 고위의 마물로 만든 것 같았다. 그리고 또 눈길이 가는 것은 그가 두른 외투다. 보는 이를 빨아들일 듯한 저 칠흑색과 군청색으로 된 외투 곳곳에는 다양한 색깔의 보석이 아낌없이 박혀 있으며, 마치 별이 반짝이는 밤하늘을 연상케 했다.

하지만 저 아름다운 장식은 외부가 아니라 외투의 내부에 되어 있었다. 그것이 무엇을 의미하는가. 그는 감추고 있다. 아마 어마어마한 무언가를 말이다.

"아버님. 이분은 다른 나라의 귀족이신 세컨드 님이라고 합니다."

오래간만에 만난 딸은 머뭇거리며 그를 소개했다. 실비아여. 너는 여전히 거짓말이 서툴구나. 눈썹이 떨리고 있지 않느냐.

자아, 저 반응을 통해 이 남자가 귀족이 아니라는 것은 알았지만…… 대체 정체가 뭘까.

하나, 딱 하나, 나는 짚이는 구석이 있었다. 그것은 바로― 왕자.

캐스탈 왕국의 제1왕자인 클라우스 전하는 검술이 뛰어나며, 그 실력은 왕국 안에서도 손꼽힐 정도라고 들었다. 제2왕자인 마인 전하는 명문 『왕립 마술 학교』 제1학년의 수석이라는 소문을 들었다.

눈앞에 있는 이 남자의 눈부실 정도의 자신감, 넘쳐흐르는 부유함, 강렬한 외모, 이지적인 눈빛, 그리고 초월적일 정도의 여유……. 어느 하나도 내가 아는 왕족에게 뒤지지 않았다.

……좋다. 시험을 해보는 편이 좋을지도 모른다. 그렇게 생각한 나는 일부러 대등하게 대하기로 했다. 만약 화를 낸다면, 그 정도에 불과한 자다. 그리고 거짓말을 하고 있다는 증거가 드러난다면, 사기죄로 체포해버리면 된다.

"음, 세컨드 님이라고 했나. 나는 느와르 버지니아라고 한다. 잘 부탁하지."

"잘 부탁합니다."

……놀랍게도 그는 여유로운 미소를 지으며 그렇게 짤막히 대답했다.

나는 확신했다― 그는, 다른 나라의 왕족이다. 틀림없다.

추잡한 귀족들이라면, 기사작 따위에게 이런 대응을 받고 분노했을 것이다. 분노를 억누르더라도, 행동 혹은 말투에서 빈틈이 드러나리라. 게다가 왕족을 사칭하는 귀족이라면 실례를 범한 내 앞에서 이렇게 여유를 보일 수는 없으리라. 애초에 그는 자신이 왕족이라고는 단 한 마디도 하지 않았다.

그렇다면, 지금은 이실직고를 하며 무례를 사과해야할 것이다.

쿵, 하는 소리가 났다. 내 머리가 테이블에 부딪치는 소리였다.

"세컨드 전하. 당신을 시험한 점, 진심으로 사과드립니다. 그 어떤 벌이든 달게 받겠습니다. 하지만 용서해주신다면, 이 느와르는 그 어떤 말에도 따르겠습니다."

천재일우의 기회를 놓칠 수는 없다.

실비아가 일부러 데려온 인물이다. 내 딸이 검술에 재능은 없지만 사람을 보는 안목은 확실하다는 것을 아버지인 나는 알고 있다. 세컨드 전하는 악인이 절대 아니다. 목적이 뭔지는 알 수 없지만 내가 그에게 도움이 되는 것이 내 가문, 나아가 캐스탈 왕국에 이득이 된다면 솔선해서 이 기회를 반드시 거머쥐어야 한다.

나는 고개를 숙인 채 세컨드 전하의 말을 기다렸다. 그것이 버지니아 기사작 가문에 있어 득이 되는 것이기를 빌면서…….

◇◇◇

어쩌다 이렇게 된 거지, 하고 나는 마음속으로 외쳤다.

내가 꾸민 눈 가리고 아웅 작전은 단순히 「레어 복장을 입고 다른 나라의 귀족인 척 실비아의 아빠를 속여서 마술 학교에 들어갈 소개장을 얻어낸다」는 내용이었다.

검술 실력 하나로 기사작이 된 남자의 소개장이다. 권력은 몰라도 신용은 있을 것이다. 분명 왕립 마술 학교에서 긍정적인 대답을 해줄 거라고 나는 생각했다.

하지만 생각지도 못한 일이 벌어졌다.

뭐가 어떻게 된 걸까. 왜 느와르 씨가 고개를 숙이는 거지? 전하는 또 뭐야? 시험? 벌? 영문을 모르겠다.

나는 실비아를 힐끔 쳐다보았다. 완전히 얼이 나간 채 딱딱하게 굳어 있었다. 뭐가 어떻게 되고 있는 거지. 영문을 모르겠네.

…………아, 하지만 딱 하나는 알겠다. 그것은—.

"고개를 들라."

—이 상황에 편승할 수밖에 없다는 것이다.

내가 당당히 침묵을 깨자, 느와르 씨는 서서히 고개를 들었다.

불가사의하게도, 내 뒤편에 서있는 실비아가 어떤 표정을 짓고 있을지 짐작이 됐다. 분명「이 녀석, 대체 무슨 소리를 지껄이는 거지?!」하고 말하는 듯한 표정을 짓고 있을 것이다. 하지만 이제 돌이킬 수는 없다. 이렇게 되면 끝까지「지위가 높은 사람」인 척 할 수밖에 없다.

"나야말로 속여서 미안하노라……. 피치 못할 사정이 있어서 신분을 감추고 있느니라. 이해해주겠나?"

"예. 누구에게도 발설하지 않겠습니다."

오오. 입에서 나오는 대로 말해봤을 뿐인데, 잘하면 먹히겠는걸.

"오늘은 두 가지 일을 부탁하려고 찾아왔느니라."

"예. 하명하십시오."

……느와르 씨, 완전 속아 넘어갔네. 대체 어떤 착각에 빠졌기에 이러는 거지? 버지니아 가문이 점점 걱정되기 시작하는걸. 당신, 기사니까 캐스탈 국왕에게 충성을 맹세한 거 아니에요? 애초에 정체불명의 인물에게 이렇게까지 고개를 숙이는 것 자체가…… 역시 실비아의 아버지답다는 생각이 들었다. 피는 못 속이는 건가.

하지만 아무래 상대가 얼간이라도 긴장을 풀면 안 된다. 나는 필사적으로 머리를 굴리면서 말을 이었다.

"그럼 우선 사소한 부탁부터 이야기하지. 왕립 마술 학교와의 연줄이 필요하다. 혹시 가능한가?"

"예. 제1학년 전입을 원하신다면 지금 바로 소개장을 써드리겠습니다. 제1학년의 주임인 케빈이라는 엘프 남성은 옛날에 전장에서 함께 싸운 동료입니다."

……와우. 느와르 씨가 신용이 있는 인물일 거라고 생각하기는 했지만, 설마 이 정도일 줄은 몰랐다. 이 사람, 대단하네. 하지만 전입은 좀 그렇다. 기간이 너무 길다. 잠시 잠입해서 마도서만 읽으면 충분하다.

"단기간이면 된다. 좋은 생각이 없나?"

"흠. 그렇다면 단기 유학이라는 형태는 어떻겠습니까?"

"오호라."

좋은 생각이다. 다른 나라에서 이 나라의 마술 학교를 견학하러 왔다는 식으로 이야기하면 앞뒤가 맞을 것이다. 기간은 어떻게 할까. 가능한 한 짧을수록 좋겠지만, 그 기한 안에 마도서가 있는 장소를 알아내지 못한다면 문제가 된다.

아, 그러고 보니 실비아도 불 속성의 2형과 3형을 익혀야 한다. 실비아도 나와 마찬가지로 페이지를 좀 넘겨보기만 해도 익힐 수 있을까?

……으음, 불안하니 기간을 좀 길게 잡아둘까.

"알았노라. 기간은 2주면 된다. 그런 내용으로 소개장을 부탁하마."

"명 받들겠습니다."

느와르 씨는 고개를 끄덕인 후, 실비아 쪽을 힐끔 쳐다보았다.

슬슬 다음 부탁이 신경 쓰일 것이다. 그리고 그것이 실비아와 연관이 있을 거라 생각하고 있는 것이다. 느와르 씨는 머리가 잘 돌아가는 사람 같았다. 그런데 왜 이렇게 어이없는 착각에 빠진 걸까. 하지만 그 덕분에 오히려 잘 풀리기는 했지만 말이다.

"자아, 사소한 부탁을 마쳤으니 이제 중요한 부탁을 하도록 하지."

"경청하겠습니다."

내 말을 들은 느와르 씨는 납득했다는 듯한 표정을 지으며 그렇게 대답했다. 나는 자세를 고친 후, 입을 열었다.

"단도직입적으로 말하겠노라……. 짐은 실비아가 마음에 들었다. 그녀는 궁술과 마술에 재능이 있지. 그녀가 짐과 동행하는 것을 허락해주지 않겠는가?"

나는 고개를 슬며시 숙이며 부탁했다. 만약 실비아가 나와 동행하는 것을 허락해준다면, 나중에 제3기사단에서 그녀가 스파이 행위를 한 것이 들통 나서 문제가 됐을 경우에 느와르 씨를 아군으로 삼을 수 있을 거라고 생각했다. 가능하면 버지니아 가문의 보증을 얻고 싶은 것이다.

……하지만 아무리 적당한 일인칭이 생각나지 않았더라도 「짐」은 좀 그렇지 않을까. 느와르 씨는 눈을 동그랗게 떴다. 으으, 역시 실수했나.

“고, 고개를 드십시오!”

느와르 씨는 당황한 어조로 그렇게 말했다. 나는 그 말에 따라 천천히 고개를 들었다.

“불민한 딸입니다만, 전하께서 바라신다면 마음껏 부려 주십시오. 하지만, 정말로 실비아를……?”

아직 의문을 느끼고 있는 것 같았다. 그럴 만도 했다. 느와르 씨에게 있어서 실비아는 아직 검 하나 제대로 다루지 못하면서 그저 기사를 동경하고 있는 소녀에 불과하니까 말이다.

“확실히 그녀는 검술에 재능이 없다. 하지만 궁술과 마술로 천하에 이름을 떨칠 수 있는 재능을 지녔느니라. 짐이 보장하지. 실비아는 기사단을 떠나, 짐과 함께 해야 재능을 꽃피울 수 있을 것이다.”

나는 자신만만한 어조로 선언했다.

“실비아에게 그런 재능이…….”

느와르 씨는 아직도 믿기지 않는 것 같았다. 만만치 않네.

"제3기사단에서 그녀를 2년 계약으로 빌렸느니라. 그 기간이 끝나면 그녀를 내어달라고 기사단에 요청할 생각이지. 그때, 느와르 공의 힘을 빌리고 싶다."

이렇게 할 정도로 실비아를 원한다는 식의 태도를 취했다.

"……황송합니다만…… 아니, 알겠습니다."

느와르 씨는 부정의 말을 입에 담으려다, 곧 입을 다물었다. 그리고 결심을 한 듯한 표정을 지었다.

"바라옵건대, 용맹하기 그지없는 활약을 이루시기를. 머지않아 이곳까지 들려 올 갈채를 이 집에서 고대하고 있겠습니다."

"……윽."

느와르 씨가 그렇게 말한 순간, 실비아가 감격한 것처럼 숨을 삼키는 소리가 들렸다. 무슨 소리를 하는 건지 모르겠지만, 오케이라는 거겠지? 잘 됐네.

"그 기개, 참으로 대단하도다. 짐은 버지니아 가문을 절대 잊지 않겠노라."

나는 만족한 것처럼 고개를 끄덕이며 미소를 지은 후, 실비아를 데리고 저택을 나섰다.

……불가사의하게도 저택을 나선 후에야 발이 희미하게 떨렸다. 이야, 엄청 긴장했네. 실비아는 돌아가는 동안 계속 「이 바보!」, 「바보 멍청이!」 같은 소리를 입에 담았다.

「세컨드 님과 함께 다니려면 심장이 여러 개 있어도 모자랄 것 같다」 같은 말도 들렸지만, 나는 알고 있다. 마지막에 느와르 씨에게

궁술의 재능을 인정받으며 배웅을 받을 때, 실비아가 울먹거렸다는 것을 말이다. 그러니 심장이 좀 아팠던 것 정도는 감수할 것이다.

하지만 이걸로 왕립 마술 학교와의 연줄은 생겼지만…… 왠지 예상했던 것보다 훨씬 일이 커질 것 같아서 좀 무서웠다.

역시 남을 속이는 건 사람이 할 짓이 아니라고 진심으로 생각했다.

◇◇◇

"폴라 교장 선생님. 드릴 이야기가 있습니다."

왕립 마술 학교, 교장실. 길고 늘씬한 손발과 아름다운 얼굴, 그리고 길쭉한 귀를 지닌 남성이 서슴없이 교장실에 들어왔다.

그 남자는 책장에 둘러싸인 방의 중심에 있는 수많은 서류가 쌓인 책상 앞에 앉아서 묵묵히 펜을 놀리고 있는 안경을 쓴 아름다운 중년 여성, 폴라에게 말을 걸었다.

"케빈 선생님, 이름으로 부르지 말라고 항상 말했지?"

폴라가 한숨을 내쉬며 그렇게 말하더니, 펜을 놀리던 손을 멈췄다.

"괜찮지 않습니까. 여기에는 저희 둘밖에 없으니까요."

"어머, 저를 유혹하는 거야?"

"하하하. 저보다 한참 어린 여성을 유혹하는 건 신사답지 못한 행동이죠."

"맞아. 당신은 이런 사람이었지……."

폴라는 미소 짓고 있는 케빈을 쳐다보며 이마를 눌렀다. 그 모습을 본 케빈은 위로를 하듯 이렇게 말했다.

"아, 착각은 하지 말아주십시오. 폴라 교장 선생님에게 매력이 없는 건 아닙니다. 하다못해, 조금만 더, 그래요. 한 백 살 정도만 나이가 많았다면 완전히 제 취향이었을 겁니다."

"……엘프가 연상 취향이라니, 정말 어처구니가 없네."

"방금 뭐라고 하셨죠?"

"혼잣말이야."

참고로 왕립 마술 학교의 교장인 폴라 메멘토의 나이는 마흔아홉 살, 제2학년 주임 및 제1학년 A반 담임인 케빈의 연령은 백서른 살이다. 폴라는 인간이라 나이에 비해 약간 젊어 보이는 외모를 지녔지만, 케빈은 엘프라서 백 년 이상 살았는데도 실제 연령과는 비교도 안 될 만큼 젊어보였다.

"그런데 무슨 일이야? 잡담이나 나누려고 일부러 찾아온 건 아니지?"

폴라가 그렇게 묻자, 케빈은 손가락을 튕기며 대답했다.

"느와르에게서 편지가 왔습니다."

"어머, 신기한 일도 다 있네……. 하지만, 단순한 편지는 아닌 것 같네."

폴라는 케빈의 표정을 보고 그 점을 눈치챘다.

"예. 그 편지에는 이렇게 적혀 있었습니다. —다른 나라의 고귀한 분께서 마술 학교의 견학을 희망하신다. 내 딸인 실비아와 함께 귀하의 반에서 2주간 단기 유학을 받게 해줬으면 한다— 라고 말이죠."

"……."

케빈의 표정이 진지해지자, 폴라의 표정 또한 굳어졌다.

의뢰 자체는 평범했다. 2주간의 단기 유학 정도는 얼마든지 가능하다. 문제는 의뢰를 한 인물과, 유학을 할 인물이다.

"당신은 어떻게 생각해?"

폴라가 묻자, 케빈은 그 말을 기다렸다는 듯이 입을 열었다.

"그 고지식한 느와르가 고귀한 분이라고 말한 것을 보면, 느와르가 인정할 수밖에 없는 그릇을 지닌 사람이란 거겠죠. 게다가 친딸을 호위로 붙였을 뿐만 아니라 정중하게도 소개장까지 써줄 레벨의 상대입니다. 이건 비상사태예요. 지금 바로 대책을 세울 필요가 있겠죠."

"나도 거의 같은 생각이야."

두 사람은 팔짱을 꼈다.

대체 어떤 인물이 어떤 목적으로 단기 유학을 하는 건지에 대해서는 편지에 적혀 있지 않았다. 알 수 있는 건 그 상대의 이름이 「세컨드」라는 점뿐이다.

"보통은 수상하다고……생각해야겠지만 말이야."

"예. 하지만 소개장을 쓴 사람이 느와르니까……."

절대 무시는 할 수 없다. 그 정도로 느와르라고 하는 「성실함이 옷을 입고 검을 휘두르고 있는 듯한 고지식한 기사작」에 대한 신뢰가 두터웠던 것이다.

……그리고 얼마 후, 폴라는 적지 않은 시간을 생각에 잠긴 후에 대략적인 대책을 세웠다.

"내가 생각한 대책은 두 가지야. 하는 세컨드란 사람은 다른 나라의 왕족이라 여기며 2주 동안 극진히 모시는 거야. 다른 하나는 모든 학생을 평등하게 대한다는 취지에 따라, 단기 유학 수속을 마친 후에 그냥 내버려두는 거지. 어느 쪽이 나을까?"

말을 한 사람도, 그리고 그 말을 들은 사람도 인상을 찡그렸다.

"후자가 그나마 낫겠죠……. 어쩔 수 없으니까 말이에요. 우리 반에는 세컨드 군만 특별대우해줄 수 없는 이유가 있으니까요."

케빈이 그렇게 말하자, 폴라도 고개를 끄덕였다.

"맞아. 당신의 반에는—."

"예, 그렇습니다. 제가 맡은 A반에는—."

—마인 전하가 계신 것이다.

◇◇◇

눈 가리고 아웅 작전을 결행하고 일주일이 흘렀다. 그 동안 나와 실비아는 화염랑의 모피를 팔거나 경험치를 쌓으면서 꽤 충실한 나날을 보냈다.

경험치는 주로 슬라임 타입의 마물을 잡으면서 벌었다. 왕도에서 광산으로 향하는 길 중간에 있는『슬라임의 숲』안쪽까지 들어가면, 경험치를 짭짤하게 주는 레어 슬라임이 자주 나오는 장소가 있다.

그 중에서도 가장 큰 수확은 바로 홀리 슬라임이『회복마술 지팡이·중』을 드랍한 것이다. 드랍 확률 0.05%은 초레어 아이템이다. 이 『회복마술 지팡이·중』을 장비하면, 누구라도 간이적으로 【회복마술】의 《회복·중》을 쓸 수 있게 되는 매우 편리한 아이템이다. 특히 성장 타입을 힐러 타입으로 설정한 캐릭터가 이것을 장비했을 때에 그 진가가 발휘된다. 왜냐하면 힐러 타입이 다룰 때는 「++」 효과가 추가되는 것이다. ++는 2단계 강화이며, 이것이 추가되면 기존의 약 250%의 효과를 기대할 수 있다. 《회복·중》의 ++라면, 중급자 정도의 HP를 50% 이상 즉시 회복시킬 수 있는 레벨이다. 깨진 어금니 정도는 간단히 재생시킬 수 있는 회복량이다. 단가 8만 CL의 고급 포션을 절약할 수 있다고 생각하면, 이 추가 효과가 얼마나 강력한 것인지 이해가 될 것이다.

나와 실비아는 둘 다 힐러 계열 성장 타입이 아니기 때문에 ++는 얻을 수 없지만, 그래도 무조건으로 《회복·중》을 쓸 수 있는 점은 충분히 매력적이다. 고마워, 홀리 슬라임. 멋진 선물이야. 그도 저승에서 「피낏!」 하며 기뻐하고 있으리라.

뭐, 이렇게 시간을 보내다 보니 왕립 마술 학교에 가는 당일이 됐다.

"정말 괜찮은 것이냐?"

실비아는 인상을 찡그리며 물었다. 아까부터 계속 이러고 있었다.

"절반은 네가 쓰러뜨린 거니까, 네 몫이라고 몇 번이나 말했잖아."

화염랑의 모피를 판 돈의 절반이 실비아에게는 너무 큰돈인 것 같았다. 120장의 모피는 장당 약 100만 CL에 팔았다. 100만×120으로 1억 2천만 CL, 그 절반인 6천만 CL이 실비아의 몫이다.

"염랑지궁에 이어 이런 거금까지 받아도 정말 괜찮을지 모르겠구나……."

실비아가 짜증날 정도로 구시렁거렸다. 이제부터 마술 학교에 잠입한다고 하는 중요한 임무를 수행해야 하는데, 이래서야 교사뿐만 아니라 학생에게도 얕보일 것이다. 아무래도 한 마디 따끔하게 해줄 필요가 있을 것 같았다.

"내 말 잘 들어, 실비아. 6천만 정도는 마음만 먹으면 하루 만에 벌 수 있어. 이 정도는 푼돈이야, 푼돈. 우리는 세계 1위를 목표로 삼고 있잖아. 겨우 6천만 가지고 구시렁대지 마."

"하, 하루만에 6천만을……."

우와, 완전히 정신줄을 놨네.

"마음을 크게 먹어. 너는 세계 1위 팀의 일원이야. 자신감을 가지라고."

"……팀?"

"그래, 팀이야. 언젠가 결성할 생각이지."

뫼비온은 『팀』이라 불리는 플레이어 집단을 만들 수 있다. 최소 네 명이 필요하며, 팀 결성 퀘스트를 완수할 필요가 있기는 하지만 매우 간단하기 때문에 누구라도 간단히 팀을 만들어서 게임을 즐길 수 있다.

이 세상에도 같은 시스템이 있는지는 알 수 없지만, 세계 1위를 목표로 삼을 거라면 팀을 만드는 편이 여러모로 낫다. 왜냐하면 팀 마스터의 권한이 매우 효율이 높은 것이다. 팀 멤버의 스테이터스와 스킬 일람을 마음대로 볼 수 있고, 팀 한정 통신으로 떨어진 곳에서 지시를 내릴 수 있는 등, 매우 편리하다. 동료가 늘어난다면 꼭 만들고 싶다.

"내가…… 세컨드 님이 이끄는, 팀의 일원……?"

실비아는 눈을 껌뻑이며 얼이 나간 듯한 반응을 보였다. 점점 자신감이 샘솟는 건지, 얼굴에 기합이 들어가기 시작했다.

"음, 그래! 나는 세계 1위를 꿈꾸는 남자의, 첫 번째 팀 멤버다! 이 정도 일로 구시렁거릴 수야 없지!"

갑자기 기운이 난 것 같았다. 그리고 첫 번째를 강조하고 있었다. 간부라도 되려는 걸까? 그리고 이미 6천만은 머릿속에서 사라진 것 같았다. 이런 얼간이 같은 면이 매력적이다.

그런 대화를 나누는 사이, 나와 실비아는 왕립 마술 학교에 도착했다. 왕도 한가운데에서 말로 한 시간 거리에 있는 이 거대한 성 같은 건물이 바로 학교 건물이다.

"어서 오십시오. 기다리고 있었습니다."

우리가 말에서 내리자, 20대로 보이는 젊은 남성과 30대 후반 정도로 보이는 여성이 우리를 맞이했다.

"선생님, 이렇게 마중을 나와 주셔서 몸 둘 바를 모르겠습니다."

나는 최대한 존댓말을 쓰며 그렇게 말했다. 온라인 게임만 하느라 학업과는 담쌓고 살아왔지만, 선생은 예의를 중시한다는 것쯤은 알기 때문이다. 옆에서 뜻밖이라는 표정을 짓고 있는 실비아를 팔꿈치로 몰래 찔러서 인사를 하게 됐다.

"세컨드 군……이라고 부르면 될까요?"

젊은 남성이 그렇게 물었다. 아, 그러고 보니 아직 이름을 밝히지 않았구나.

"예. 저는 세컨드, 그리고 옆에 있는 사람은 실비아입니다. 2주 동안, 잘 부탁드려요."

내가 방긋 웃으며 그렇게 말하자, 눈앞의 남자와 여자는 한순간 시선을 교환했다. 그리고 여자가 입을 열었다.

"나는 이 학교의 교장인 폴라 메멘토란다. 잘 부탁해. 그리고 이 사람은……."

"세컨드 군이 이제부터 속하게 될 1학년 A반의 담임인 케빈입니다. 잘 부탁해요."

나는 두 사람과 악수를 나눴다. 교장이 여성인 건가. 좀 의외다. 그리고 케빈 선생님은 느와르 씨가 말했던 그 엘프 같았다. 두 사람은 나와 인사를 나눈 후, 겸사겸사 같은 느낌으로 실비아와도 인사를 나눴다. 그런데 실비아는 이 학교에서 어떤 대우를 받도록 되어 있는 걸까?

"저기, 실비아는 저와 같이 A반에 속하게 되나요?"

"응. 그렇단다. 유학 기간 동안은 기숙사가 아니라 여관에 묵을 거니, 함께 지낼 수 있을 거야."

폴라 교장이 그렇게 말했다. 아무래도 실비아는 내 호위인 걸로 되어 있는 것 같았다. 으음, 방금 질문은 좀 이상했을까.

"자아, 그럼 이동하도록 할까요."

우리는 케빈 선생님에게 안내를 받으며 학교 안으로 들어갔다. 아무래도 아직은 괜찮은 것 같았다. 아직 별다른 의심을 받지는 않는 것 같은데…… 그래도 이제부터 2주 동안은 정신을 바짝 차려야 할 것이다. 그런 생각을 하다 보니, 어느새 학교 안으로 들어왔다. 복도에는 사람이 한 명도 없었다. 이미 수업이 시작된 걸까. 내가 질문을 하려고 했을 때, 앞장서서 걷던 케빈 선생님이 우리를 힐끔 쳐다보며 입을 열었다.

"오늘은 오전에 수업을, 오후에 학교 안내를 할까 하는데, 괜찮을까요?"

"케빈 선생님이 안내를 해주실 건가요?"

"아니, 학생이 할 겁니다. 얼마 전에 A반 안에서 해줄 사람을 모집했죠. 오후에는 기본적으로 자유 과제를 수행하는 시간인데, 우수한 학생들에겐 시간이 있거든요."

"그렇군요. 감사합니다."

좋았어~. 그럼 수업 중에는 시간을 대충 보내고, 오후에는 안내를 맡은 학생에게서 정보를 얻어내자. 뭐, 마도서가 있는 곳을 알아내려는 것뿐이지만 말이야.

"자아, 도착했습니다. 여기가 A반입니다."

내가 마음속으로 웃음을 흘리는 사이, 1학년 A반 교실에 도착했다.

케빈 선생님은 주저 없이 교실의 문을 열었다. 안을 쳐다보니, 내부는 대학교 강의실처럼 좌석과 책상이 부채꼴 형태의 계단식으로 설치되어 있었다. 학생들은 서른 명 정도 되는 것 같았다. 다들 조용히 자리에 앉아있어서 조용했다.

"안녕하세요, 여러분. 일전에 알려줬던 대로, 오늘부터 2주 동안 유학생 두 명이 이 A반에서 여러분과 함께 생활하게 되었습니다. 그럼 소개를 하도록 하죠. 세컨드 군, 실비아 양, 들어오세요."

케빈 선생님이 담담한 어조로 그렇게 말하며 우리를 불렀다. 아무래도 우리가 교실에 들어갈 차례가 된 것 같았다.

나와 실비아는 교실 안으로 들어섰다. 그 순간…….

"……윽."

학생들은 일제히 숨을 삼키며 술렁거렸다.

나도 이 세상에 온 후로 꽤 시간이 지났기에, 이런 반응을 보이는 이유를 짐작할 수 있었다. 분명 내 외모 때문이다. 비현실적일 정도의 미남이니까 말이다. 역시 과금 아바타는 엄청나다는 생각이 들었다.

"그럼 자기소개를 하세요."

우리가 교단으로 가자, 케빈 선생님이 그렇게 말했다.

"지팡구라는 섬나라에서 견학을 온 세컨드라고 합니다. 잘 부탁해요."

"시, 실비아 버지니아라고 한다. 잘 부탁한다."

내가 자연스럽게 자기소개를 하며 우아하게 예를 표하자, 일부 여자애들이 「꺄아」 하고 새된 교성을 질렀다. 한편, 남학생들은 조용했다. 그들의 시선은 내 옆에 당당히 서있는 실비아에게서 떨어질 줄을 몰랐다.

“감사합니다. 그럼 두 사람은 저 자리에 앉으세요.”

나와 실비아는 학생들의 주목을 받으면서 가장 앞줄 한 가운데에서 한 칸 오른편의 자리에 앉았다.

“그럼 오늘은 기초의 복습부터 할까 합니다.”

우리가 자리에 앉은 후, 케빈 선생님은 즉시 수업을 시작했다. 나에게 있어서는 지겨운 시간일 것이다. 그렇게 생각한 나는 대충 흘려듣기로 했다.

약 세 시간 후, 오전 수업이 끝났다.

수업 내용은 예상과 달리 충격적이었다. 「마술의 행사에는 심도 깊은 이해가 중요」하며 「마술사 지망자는 그 이해를 탐구하기 위해 학교에 다니고 있다」고 한다.

……그런 말을 들은 적도 없어. 【마술】은 마도서를 대충 펼쳐보기만 하면 익힐 수 있는 거 아니었어? 적어도 왕립 대도서관에서 익힌 1형은 그랬다. 마술을 이해한다는 둥, 심도 깊은 이해를 탐구한다는 둥…… 뫼비온의 스토리에서 NPC 중 누군가가 그런 설명을 했던 것도 같지만, 기본적으로 「사소한 대화는 스킵하자는 주의」인 내가 그것을 일일이 기억할 리가 없다.

수업을 듣는 동안 「어쩌면 마도서를 언뜻 보기만 해서는 2형과 3형을 익히지 못할지도 모른다」는 불안이 점점 몰려와서 조바심이 난 나는 수업이 끝나자마자 케빈 선생님에게 말을 걸었다.

“오후에 안내를 맡아줄 분을 소개해줬으면 한다. 함께 점심 식사를 하며 친목을 다지고 싶군."

조급한 마음에 반말을 쓰고 말았다. 그러자 케빈 선생님은 눈을 동그랗게 뜬 후, 미소를 지으며 입을 열었다.

"물론 괜찮습니다. 으음……. 아, 저기 있군. 마인 군."

"아…… 예. 선생님, 부르셨습니까?"

케빈 선생님이 부른 사람은 마인이란 이름의 남학생이었다. 그는 미남이라기보다 미소년에 가까운 외모를 지녔으며, 키는 160센티미터 정도로 실비아보다 약간 작았다. 선이 가늘고 주뼛주뼛하는 태도를 보니 꽤 심약해 보이는 인상이었다. 그리고 나와 마주서면 올려다봐야 할 정도의 키라서 그런지, 남자라기보다는 여자라고 하는 게 더 납득이 될 만큼 귀여운 인상이었다.

"오후 안내 준비는 되어 있죠? 세컨드 군이 빨리 친해질 수 있도록 함께 식사를 하고 싶어 하는 군요. 예정을 앞당겨서, 식당 안내도 부탁해도 될까요?"

"아, 예. 괜찮습니다."

"그거 다행이군요. 그럼 잘 부탁합니다."

케빈 선생님의 말을 들은 마인이 고개를 끄덕였다. 그러자 윤기 넘치는 금발이 자연스럽게 흘러내렸다.

"실례지만, 그에게 마술에 관한 질문을 해도 될까요?"

나는 마인에게서 정보를 캐내기 전에, 케빈 선생님에게 일단 물어보았다. 혹시 문제가 되기라도 하면 곤란하니까 말이다.

"……괜찮습니다. 그는 제1학년의 수석이니까요."

"그렇군요. 괜한 질문이었나요."

나는 자조 섞인 웃음을 흘리며 그렇게 대꾸했다. 수석이냐! 별의별 걸 다 물어봐도 되겠는걸. 만세.

"마인, 안내 잘 부탁해."

마음속으로 웃음을 흘리며 내가 환한 목소리로 그렇게 말하자, 마인은 한순간 어리둥절한 표정을 지은 후에 미소를 머금으며 고개를 끄덕였다.

"예! 잘 부탁해요, 세컨드 씨."

좋았어. 나를 경계하는 것 같지는 않네. 이 녀석한테서 마도서가 어디 있는지 캐내주겠…… 아, 그 전에…….

"실비아, 식당에 가자."

"으, 음, 알았다! 미안하지만 지나가겠다. 미안하다!"

나는 여학생에게 둘러싸여 질문 공세를 당하고 있던 실비아를 구출했다. 수업 종료 직후에 케빈 선생님에게 다가가지 않았다면 나도 저런 일을 겪었을지도 모른다고 생각하니 소름이 돋았다. 아무래도 대책을 세울 필요가 있을 것 같았다.

"기다리게 해서 미안……."

우리에게 다가온 실비아가 그대로 얼어붙었다. 그런 그녀의 시선은 마인을 향하고 있었다.

"마, 마마마, 마인 전하, 이십니까?"

……뭐? 전하?

"교내에서는 모두가 평등한 학생입니다. 부디 대등하게 대해주세요."

아까까지 미소를 짓고 있던 마인이 무표정한 얼굴로 그렇게 말했다.

전하, 전하…… 즉, 마인은 이 캐스탈 왕국의 왕자인 건가?

"시, 실례했습…… 실례했다. 마인 님."

실비아는 위축되며 바로 사과했다. 혼나는 데 익숙한 녀석의 태도네.

그건 그렇고, 왕자인가……. 처음 봤다. 이미지와 좀 다르네. 「알아서 기어라!」 같은 느낌일 줄 알았는데 「대등하게 대해주십시오」인가. 흐음~, 그럼 대등하게 대해주도록 할까.

"자아, 세컨드 씨. 같이 식당에 가죠."

마인은 그렇게 말하며 내 손을 잡아끌었다. 꽤나 적극적이다.

응? 미녀인 실비아에게는 냉담하고, 미남인 나한테 적극적인 건가. 좀 마음에 걸리는 태도다.

……이 녀석, 설마……. 아, 아니, 잠깐만 있어봐. 하지만…… 으음? 에이, 설마……. 하지만 먼 옛날의 왕이나 무장 중에는 그런 취향인 사람이 많았다고 들었는데…… 으음, 모르겠네. 엄청 신경 쓰여……. 상황에 따라서는 나도 정신을 바짝 차려야 할지도 모른다. 설마 왕자님에게 유혹을 당하는 날이 올 줄이야……. 어떻게 거절하지? ……아~, 좋아. 그냥 솔직하게 물어보자.

"저기, 마인. 너, 혹시 그쪽 취향인 거야?"

"어…… 예에에엣?! 아니에요! 갑자기 무슨 소리를 하는 거죠?!"

"　　"

마인은 얼굴을 새빨갛게 붉히면서 부정했다. 실비아는 턱이 빠진 것 같아 보일 정도로 입을 크게 벌리며 경악했다.

"하지만 실비아보다 나한테, 그러니까, 저기…… 그렇고 그런 것 같으니까……."

"그렇고 그런 게 대체 뭐죠?! 그런 거 아니에요! 저는 노멀이란 말이에요!"

"그래? 그렇구나."

나는 그 말을 듣고 약간 후회했다. 커밍아웃의 타이밍은 사람마다 다르다. 내가 간섭할 일이 아닌 것이다. 반성해야겠다. 하지만 사과를 했다간 마인의 기분이 상할 뿐이다. 그러니 나는 화제를 바꾸기 위해 옆에서 걷고 있는 파트너에게 말을 걸었다.

"실비아, 무슨 말 좀 해봐."

"내, 내가 말이냐?! 아, 아니, 마인 전하는 제2왕자이시기에 항상 여성을 경계……."

"그게 이 상황에서 할 소리냐."

"아얏! 때릴 것까지는 없지 않느냐!"

우리는 식당으로 향하며 계속 말다툼을 벌였다. 그 덕분인지, 식당에 도착했을 즈음에는 우리 셋 다 서로에게 마음을 열게 되었다.

◇◇◇

"어땠어?"

교장실. 폴라가 질문을 하자, 케빈은 대답했다.

"상상을 초월하는 남자예요. 제2왕자를 알아보지 못하더군요. 시치미를 떼는 게 아니라 진짜로 말이죠."

"어머…… 그랬구나."

"온몸에 넘쳐흐르는 여유가 엄청났어요. 대체 어디의 왕족인 건지……."

케빈은 세컨드가 몸에 두른 독특한 분위기를 떠올리며 한숨을 내쉬었다.

그것은 세컨드가 이 세계를 「게임으로 여기는 감각」의 잔향이며, 진심으로 세계 1위**만** 노리고 있기에 가질 수 있는 여유다. 하지만 케빈이 거기까지 알 수 있을 리가 없다.

백 년 넘게 살았다고 해도, 알 수 있을 리가 없다. 게임에 모든 인생을 건 남자의 감각을 말이다.

"그러고 보니 지팡구라는 섬나라에서 왔다고 말했죠. 지팡구 국의 **왕**인 걸까요?"

"아직 단정하기엔 일러. 하지만 적어도 제2왕자보다는 지위가 높은 거겠지……."

세컨드는 이 나라의 제2왕자를 알아보지 못했다. 즉, 알 필요조차 없는 것이다. 그렇다면, 지팡구는 캐스탈 왕국을 내려다보고 있는 것이다.

"지팡구…… 들어본 적이 없는 곳이군요. 조사해보겠어요."

"부탁할게."

대화를 마친 두 사람은 다시 각자의 일을 수행하기 시작했다. 두 사람의 위에 구멍이 날 듯한 2주가 이렇게 시작됐다…….

◇◇◇

“세컨드 씨. 저는 당신이 마음에 들어요.”

한산한 학생식당. 내가 쇠고기덮밥을 다 먹었을 즈음, 마인이 그렇게 말했다.

식후의 기분 좋은 여운을 망치는 듯한 그 거만한 말에, 나는 약간 발끈했다.

“어이, 너무 거만하게 구는 거 아냐? 나는 세계 1위(예정)인 남자라고.”

내가 그렇게 대꾸하자, 마인은 만면에 미소를 지었다.

“바로 그런 면이에요, 세컨드 씨! 저는 당신처럼 거리낌 없는 사람과 이야기를 나누는 건 처음이에요……!”

마인은 흥분한 듯한 표정으로 자신만의 세계에 빠져들었다.

“왕립 마술 학교에서는 지위고하를 막론하고 모두 평등하게 대한다고 듣고 기대했습니다만, 다른 분들은 저를 제2왕자로만 여겨요. 왕궁에서도, 학교에서도, 다들 저를 제2왕자로 여기죠. 저 자신을 제대로 봐주는 분은 어머니 뿐…….”

흐음. 흔한 이야기네.

“세, 세컨드 님.”

실비아가 내 옆구리를 찔렀다. 어이쿠, 또 무심코 말했나 보네.

"아. 괜찮아요, 실비아 양. 저는 세컨드 씨의 그런 면을 좋아하는 거니까요."

"하, 하지만, 너무 무례하다고나 할까……."

"제가 왕자라는 것을 알자마자 대뜸 그쪽 취향이냐고 진지하게 묻는 사람이잖아요? 실례니 무례 같은 걸 따져 봤자 의미 없어요."

"……."

실비아는 입을 다물었다.

나는 물을 전부 들이켠 후, 본론에 들어가기 위해 입을 열었다.

"그런데 마인. 너는 마도서가 어디에 있는지 알아?"

"으음, 이 학교의 도서실에 1형과 2형이 있을 거예요. 3형도 도서실에 있기는 한데, 그걸 빌리려면 사서장에게 허가를 받아야 하죠. 그리고 4형은—."

"잠깐만, 이곳에 4형도 있는 거야?"

"아뇨. 4형은 왕궁에 보관되어 있을 거예요. 예전에 딱 한 번 본 적이 있어요."

"그렇구나……."

유감이다. 만약 이곳에 4형의 마도서가 있다면, 드랍을 노리며 갑등급 던전을 수도 없이 돌지 않아도 될 텐데 말이다.

"세컨드 씨, 읽어보고 싶나요?"

"그래. 2형과 3형도 읽고 싶어."

내가 주저없이 대답하자, 마인은 흥미를 가지며 물었다.

"지팡구에서는 마도서가 희귀한가 보죠?"

속성 마술

"……그, 그래. 흔치 않거든."

맞아. 나는 지팡구에서 왔다는 설정이었지. 반나절 만에 까맣게 잊었네.

"그, 그냥 보기만 하면 돼. 어떤 건지 궁금하거든."

얼버무리려고 하다 보니, 횡설수설하게 됐다. 이러면 안 되는데 말이다.

"아하하. 그렇게 조바심 낼 필요 없어요. 나중에 도서실에도 안내할 거니까요."

"그, 그래. 고마워."

의심을 산 것 같지는 않았다. 아슬아슬하게 세이프인가.

"그럼 슬슬 가볼까요."

마인은 그렇게 말하며 자리에서 일어나더니, 우리를 안내하기 시작했다.

"마지막으로, 여기가 도서실입니다. 이미 닫혀 있지만요."

마인의 학교 안내는 어처구니없을 정도로 세세해서, 메인 디시인 도서실에 도착했을 즈음에는 해가 지고 말았다.

체육관과 운동장, 대강당 등, 무심코 탄성을 터뜨릴 만큼 멋진 장소가 많았기에 안내받기 잘했다는 생각이 들기는 했다.

하지만 마인의 설명이 너무 길었다. 지은 지 몇 년 된 건물이며, 누가 지었는지 등, 내가 전혀 관심 없는 말을 늘어놓았다. 게다가 몇 번이나 「참고로~ 참고로~」 하면서 괜한 설명을 덧붙였다.

마인이 학년 수석인 것도 납득이 됐다. 이 녀석은 지식 마니아다. 지식을 쌓지 않으면 좀이 쑤시는 타입의 왕자다.

"도서실은 왕립 마술 학교의 학생이라면 누구라도 이용할 수 있으니, 내일이라도 가보세요. 참고로 이 도서실의 사서장은 왕립 대도서관에서 일한 경험도 있는 우수한 여성이시며, 그 능력을 높이 사서 교장 선생님께서 직접 스카우트를—."

또 시작됐네!

"아…… 오케이, 오케이. 돌아가자고, 괴짜 왕자님."

나는 쉴 새 없이 말을 늘어놓는 마인의 등을 살며시 밀면서 학교를 하교하려했다. 실비아도 마인의 이야기에 질린 건지, 피곤한 표정으로 뒤따라왔다.

"마인, 하교는 어떻게 해?"

내가 화제를 바꾸기 위해 그렇게 묻자, 마인은 주위를 둘러보면서 말했다.

"슬슬 마중이 올 때가……."

"모시러 왔습니다."

다음 순간, 메이드복을 입은 여성이 어디선가 나타났다. 이 사람은 또 뭐야.

"오늘은 정말 즐거웠어요. 그럼 내일 봐요. 세컨드 씨, 실비아 양."

마인은 그렇게 말하며 손을 흔든 후, 메이드와 함께 사라졌다.

"휴우~. 이제야 한숨 돌리겠네."

"그건 내가 할 말이다……."

내 말을 들은 실비아가 머리를 감싸 쥐며 구구절절한 목소리로 그렇게 말했다.

"세컨드 님…… 제발, 제발 부탁드립니다……. 심장이 멎을 것 같단 말이에요. ……그러니 제발……."

실비아는 제발이라는 말을 몇 번이나 입에 담으며 존댓말로 나에게 애원했다. 오늘 하루 동안 정신적 대미지를 꽤나 입은 것 같았다. 안 됐네. 대체 누가 실비아를 이렇게 만든 거지?

……아, 그래도 마침 잘된 걸지도 모른다. 왜냐하면—.

"걱정하지 마. 실비아는 내일부터 도서관에 틀어박혀야 하거든. 불 속성 마술을 익혀야 하잖아?"

"……윽."

【마궁술】을 습득하기 위해서는 【마술】을 필수적으로 익혀야 한다. 적어도 불 속성인 『염랑지궁』에 맞춰 《불 속성·2형》과 《불 속성·3형》 정도는 익혀줬으면 한다.

"나와는 따로 행동할 거야. 잘 됐네."

내가 그렇게 말하며 미소 짓자, 실비아는 「그건 또 그것대로……」 하고 작은 목소리로 중얼거리며 입술을 삐죽 내밀었다. 삐친 건지는 잘 모르겠지만, 좀 귀여웠다.

"그렇지? 하하하."

"하하, 웃지 말라고."

갑자기 어둑어둑한 복도 안쪽에서 목소리가 들려왔다. 나와 실비아 말고도 아직 학교에 남아있는 학생이 있었던 것 같았다.

도서실에는 들어갈 수도 없으니 오늘은 돌아갈까― 하고 내가 말하려고 한 바로 그때였다.

"그건 그렇고, 봤어? 유학생이란 녀석 말이야."

"아, 봤어. 남자도 여자도 장난 아니던걸."

아무래도 우리에 관해 이야기를 하기 시작한 것 같았다. 나는 관심이 가서 복도 구석에 붙어서 귀를 쫑긋 세우며 입을 다물었다. 실비아도 관심이 있는 건지 내 뒤편에 찰싹 달라붙었다.

"마인 왕자와 같이 다니던데 말이야. 뭔가 있는 게 분명해."

"아~, 그 마더콤 범생이?"

"어, 어이. 그런 소리 하면……."

"괜찮아. 듣는 사람도 없잖아. 실은 너도 그렇게 생각하지?"

"……뭐, 그 녀석은 마음에 안 들기는 해. 거드름 피우면서 신분 같은 건 신경 쓰지 말라고 하는 건 완전 어이없잖아. 그러니까 친구가 없는 거야."

"하하하, 완전히 외톨이인 거지. 꼴좋다."

"그래. 하하하."

우와…… 기분 더럽네. 이건 완전 험담이잖아.

하지만 마인 녀석은 외톨이인 건가. 이건 간접적인 괴롭힘 아냐?

……어쩔 수 없지. 나라도 친구가 되어줘야겠다. 어쩌면 캐스탈 왕가와 연줄이 생겨서 4형 마도서를 볼 수 있을지도 모르잖아. 뭐~, 어쩔 수 없네!

내가 고개를 끄덕이며 그런 생각을 하고 있을 때, 낄낄 웃고 있는 그들은 험담을 이어나갔다.

“그 성적도 돈으로 매수해서 딴 거겠지? 왕자라고 건방지게 말이야. 우리는 진지하게 마술을 배우고 있다고.”

“진짜 짜증난다니깐. 그러면서 겉보기에는 우등생인 척 하잖아.”

“이대로 유학생 놈들과 붙어 다니며 얌전히 지내주면 좋겠네. 쓰레기는 한곳에 모아두는 게 좋잖아.”

“그래. 기왕이면 그 **낙제생 수인**도 함께 말이지.”

“아, 깜빡했네. 그 무능한 녀석도 있었지. 하하하!”

“하하하하…… 어?”

—바로 그때였다.

실비아가 뛰쳐나간 것이다.

「어…… 뭐하는 거야?」 하고, 실비아가 평소 하던 말이 이번에는 내 입에서 튀어나왔다.

“유, 유학생?!”

“네놈, 그건 수인 차별이냐?”

“뭐?!”

“수인 차별이냐고 물었다.”

아하~. 실비아의 정의감이 폭발한 건가. 그렇다면 어쩔 수 없지.

하지만 오래간만에 기사다운 모습을 보여주는걸. 왠지 반갑네.

“아니, 너, 너는 모르겠지만, F반에 에코 리플렛이라는 낙제생이 있어!”

“그래. 완전 무능하거든. 그런 녀석이 수인인 것뿐이야! 차별을

한 게 아니라고!"

험담 보이즈는 필사적으로 꼴사나운 변명을 늘어놓았다.

"그렇군. 그렇다면 나와 세컨드 님을 쓰레기 취급한 것에 대해 어디 변명을 해보실까?"

"……윽."

그들의 얼굴이 점점 새파랗게 질렸다.

"내, 내 말 좀 들어봐. 응?"

"할 말도, 들을 말도 없다!"

분노한 실비아의 『꿀밤』 두 방이 작렬하자, 그들은 머리를 감싸 쥔 채 엉엉 울며 도망쳤다. 너희들, 실비아의 STR이 낮아서 산 줄 알라고…….

"후후, 따끔한 맛을 보여줬다."

실비아는 나를 돌아보며 「어때? 봤지?」 하고 말하며 자랑스레 웃었다. 만약 이 녀석이 개였다면 지금쯤 꼬리를 쉴 새 없이 흔들고 있을 것이다.

나중에 이 일이 문제가 안 되면 좋겠지만…… 뭐, 신경써봤자 소용없지.

"돌아가자~."

나는 케빈 선생님에게 받은 여관까지의 지도를 보면서 건물을 나섰다.

……낙제생 수인, 에코 리플렛. 일단 기억해둘까.

◇◇◇

다음 날. 수업을 대충 흘려듣던 우리는 오후가 되자 도서실로 향했다.

"모든 속성의 2형 마도서를 보고 싶은데요."

"아, 예. 잠시만 기다려주세요."

카운터에 있던 사서 같은 여성에게 말을 걸자, 그녀는 고개를 끄덕이며 도서실 안쪽으로 가서 「여기 있습니다」 하고 말하며 마도서 네 권을 가져다줬다.

"……좋아."

가장 위에 있는 마도서를 손에 쥐고 대충 훑어본 나는 자신의 스킬 란에 《불 속성·2형》이 추가된 것을 확인한 후, 마음을 놓으며 실비아에게 마도서를 건네줬다.

딱히 『심도 깊은 이해』 같은 것을 할 필요는 없었다. 아마 이미 **쓴 적이 있는** 마술이기 때문에, 충분히 심도 깊게 이해하고 있는 것으로 판정된 것이 아닐까. 뭐, 익혔으니 딱히 아무래도 상관없다.

"음, 벌써 익힌 거냐?"

"응. 습득했어."

"……여전하구나."

나는 어이없어 하는 실비아를 곁눈질하며 남은 세 권도 훑어본 후, 실비아에게 건네줬다.

오케이. 전부 익혔다. 다음은 3형이다.

"저기, 3형 마도서를 보는 건 가능할까요?"

"으음…… 잠시 기다려주세요."

2형을 요구하고 몇 분도 채 지나지 않아서 내가 그런 소리를 하자, 사서는 약간 당혹스러워하면서 도서실 안쪽으로 향했다.

잠시 기다리자, 그녀는 매우 진한 화장을 한 쉰 살가량의 뚱뚱한 아주머니를 데리고 돌아왔다.

"만나서 반가워요. 사서장인 실크라고 해요. 당신이 그 소문 자자한 유학생이죠?"

"예. 세컨드입니다."

그 아주머니의 이름은 실크라지만, 외모는 실크라는 단어와 전혀 어울리지 않았다. 짐이 가득 들어서 터질 것 같은 보따리 같은 이미지다.

"미남이군요~! 만나서 영광이에요."

"아, 예."

상대방이 내 양손을 덥석 움켜쥐었다. 크림빵 같은 토실토실한 손이지만, 보라색 매니큐어 때문에 자색 고구마빵 같아 보였다.

"자아, 3형 마도서를 보고 싶다면서요? 그에 관련해 질문을 몇 개 드려도 될까요?"

"예."

"우선 목적을 알려주시겠어요?"

실크는 싱글벙글 웃으면서 물었다. 하지만 눈 깊은 곳은 전혀 웃고 있지 않았다.

“저의 조국에서는 흔치 않은 것인지라, 이 기회에 봐두고 싶습니다.”

“그렇군요. 그럼 2형을 훑어보신 것도 그런 이유인가요?”

“맞아요. 매우 진귀한 책이었죠.”

“실례를 무릅쓰며 말씀드리겠어요. 내용에 흥미가 없으시다면, 3형과 2형은 크게 다르지 않답니다. 그러니 대충 훑어보기만 해선 딱히 도움이 되지 않을 텐데요?”

으음.

“아뇨, 그렇지 않아요. 내용이 아니라 책 자체에서 느낄 수 있는 것도 많으니까요.”

“예를 들자면 어떤 거죠?”

으으윽.

“지금까지 그 책을 이용한 사람들의 마음과 역사 등을 느낄 수 있습니다. 그리고 진귀한 책을 직접 만져보기만 해도 감개무량할 테죠.”

“그렇군요. 하지만 그런 이유로 3형 마도서를 빌려드리는 건 어려울 것 같군요…….”

젠장. 이 아줌마는 쉬운 상대가 아니네.

“사실대로 말씀드리자면, 3형의 대여 수속에는 여러 분들의 허가가 필요하며, 서류로 남길 수 있는 정당한 이유가 필요하답니다. 죄송하지만, 이번에는 대여를 거부하도록 하겠어요.”

“……알았습니다. 유감이군요.”

크아아아악, 망했다! 젠장, 너무 쉽게 생각했네.

실크는 고개를 꾸벅 숙인 후, 웃으면서 돌아갔다. 겉보기에는 물러터진 것 같지만, 실은 꽤나 날카로운 사람이다. 하지만 그녀는 달콤한 것을 좋아할 것 같았다. 틀림없다. 그러니 빵이나 과자 같은 걸로 낚는 것도…… 아니, 초조하게 생각하지 말자. 아직 열흘 이상의 시간이 있다. 그 동안 기회를 노리는 것이다.

"세컨드 님, 어떻게 됐지?"

실비아가 자리로 돌아온 나에게 그렇게 묻자, 나는 짤막하게 「무리였어」 하고 대답했다. 그 말을 들은 실비아가 「세컨드 님한테도 무리한 일이 있는 거구나」 하면서 왠지 기뻐하는 듯한 반응을 보이자, 나는 살짝 짜증이 난 나머지 「빨리 익히기나 해」 하고 말하며 이마에 딱밤을 날렸다.

코믹 마켓을 방문했을 때, 실비아는 《보병궁술》과 《향차궁술》의 스킬 서적을 15분 정도 읽기만 해도 습득했었다. 하지만 《불 속성·1형》의 마도서는 1시간 넘게 읽고 있는데도 익히지 못했다. 예의 『심도 깊은 이해』 때문인 걸까. 아니면 상성 문제일까.

성장 타입은 【마궁술】 특화인데 【마술】 습득에 고전하는 것을 보면 특별한 이유가 있는 걸지도 모른다.

"으음, 이걸 2주 만에 익힐 수 있을지…… 세컨드 님, 뭔가 요령 같은 건 없느냐?"

실비아가 도움을 청하듯 그렇게 물었다.

요령, 극의, 포인트…… 내가 싫어하는 단어다. 내가 전생에서 세계 1위였던 시절, 풋내기 플레이어들이 「강해지는 요령을 가르쳐주세요」, 「PS(플레이어 스킬)를 올리는 요령 같은 건 있나요」 같은 질문을 나에게 툭하면 했다. 정말 귀찮았다니깐. 「세계 1위에게 지름길을 알아내서 쉽게 강해지자」라는 이기적인 속셈이 뻔히 보여서 불쾌했다.

……하지만 어째서일까. 이 세상에 와서 요령이라는 말을 들었는데도, 나는 전혀 불쾌하지 않았다.

실비아는 「2주 안에 익히지 못하면 나에게 폐를 끼친다」는 생각 때문에, 수치심을 느끼면서도 나에게 요령을 물은 것이다. 그 배려가 훈훈하게 느껴졌다. 온라인에서의 표면적인 인간관계와 다른, 실로 밀도 높은 관계다. 이 점은 전생에서와 하늘과 땅 차이였다. 전혀 불쾌하지 않았다. 오히려 상대가 나에게 의지해줘서 기쁠 정도다.

"좋아. 오늘은 따로 행동할 생각이었지만, 예정을 변경해야겠네. 내가 가르쳐줄게."

나는 『남에게 무언가를 가르쳐주는 기쁨』이란 인생의 첫 감정을 맛보며, 미안해하면서도 왠지 기뻐 보이는 실비아의 옆에 앉았다.

"오늘은 이쯤에서 끝내자."

도서실이 닫을 시간이 되자, 마도서를 덮었다.

처음으로 마도서의 내용을 제대로 읽어봤는데, 거기에 적힌 문장은 쓸데없이 길고 난해했다. 한 번도 읽어본 적이 없긴 하지만, 마치 논문처럼 느껴졌다.

이런 것을 읽을 시간에 실용적인 것을 공부하는 편이 만 배는 나을 것이다. 그렇게 확신한 나는 실비아에게 「어떤 효과의 마술인가」, 「어떤 마물에게 효과적인가」, 「어떻게 운용해야 하는가」, 「화력과 그 계산식」, 「각 랭크에서의 준비 시간과 쿨타임의 변동」 등의 공략 위키급 정보를 생각나는 대로 해설해줬다.

도중에 실비아가 어이없다는 표정으로 「그걸 전부 외우고 있는 것이냐?」 하고 묻자, 나는 물론이라고 주저 없이 대답했다. 나는 이런 것만 공부했다. 하지만 이것만은, 뫼비온에 대해서만큼은 그 누구보다도 열심히 공부했다. 게임 밖의 현실에서는 아무 짝에도 쓸모없는 이 지식이, 지금은 무엇보다 강력한 무기가 된다. 그 점이 너무 기뻤다. 그래서 내 해설은 열정적이었다. 그리고 실비아는 진지하게 메모를 하면서 내 이야기에 열심히 귀를 기울이는 성실한 학생이 됐다.

"습득했어?"

"……미안하지만, 아직 익히지 못했다."

"그래? 뭐, 개의치 마."

실비아는 미안해하면서 고개를 저었다. 뭐, 하루 만에 익힌다면 왕립 마술 학교 같은 게 만들어지지도 않았겠지.

마도서를 반환한 후, 우리는 도서실을 나섰다. 석양에 물든 복도를 보니, 왠지 그리운 느낌이 들었다. 뫼비온에 빠진 바람에 잃었던 청춘을 뫼비온에서 되찾은 것 같아서, 말로 형용할 수 없는 감정이 느껴졌다. 나는 목을 좌우로 비틀면 풀어준 후, 기지개를 켜면서 하교하려 했다.

……바로 그때였다.

"우왓~!"

갑자기 내 눈앞에 조그마한 고양이귀 미소녀가 나타났다.

그 녀석은 고양이처럼 커다란 눈을 동그랗게 치면서 고함을 치더니, 이제는 입을 동그랗게 벌린 채 나를 멍하니 쳐다보았다. 청록색 눈동자는 햇살을 반사하며 빛나고 있었고, 입가에는 날카로운 이빨이 삐죽 튀어나와 있었으며, 밤색 단발 사이로 귀가 삐죽 튀어나와 있었다. 또한 치마 아래로는 꼬리가 모습을 드러내고 있었다. 고양이인가?

……그건 그렇고, 엄청 바보 같은 표정을 짓고 있었다.

"와아, 잘 생겼다!"

말을 했다.

"나 말이야?"

"응!"

왠지 귀엽다.

"나는 에코 리플렛! 너는?"

에코 리플렛. 호오, 이 애가 바로 그…….

"세컨드."

"세컨드!"

에코는 내 이름을 입에 담더니, 환한 미소를 지으며 다가왔다. 그리고 내 뒤에 있는 실비아를 발견했다.

"앗! 너는?"

"실비아 버지니아다. 잘 부탁한다."

"실비아! 잘 부탁해!"

두 사람은 악수를 했다. 에코가 악수를 하며 손을 힘차게 휘두르자, 실비아는 당혹스러워 했다.

왜일까. 이 녀석을 보니, 왠지 기분이 행복해졌다.

이런 애완동물, 아니, 딱 봐도 무해해 보이는 그녀가 「낙제생 수인」이라 불리며 괴롭힘을 당하고 있는 건가……. 말도 안 된다. 내버려둘 수 없다.

"저기, 에코. 너, 혹시 곤란한 일은 없어?"

나는 괜한 참견일지도 모른다고 생각하면서도 물어보고 말았다.

"응? 딱히 없는데?"

딱히 없다고 한다. 어라?

"그래? 혹시 곤란한 일이 있으면 나한테 말해. 도와줄게."

"정말?! 고마워!"

아아~ 귀엽다. 기르고 싶, 아니, 동료로 삼고 싶다.

……하지만, 신경 쓰이는 점이 하나 있다.

"저기, 이 커다란 짐은 뭐야?"

그것은 에코의 옆에 놓인 짐수레다. 그녀의 키에 버금갈 정도의 짐이 쌓여 있었다. 얼추 140센티미터는 될 것 같았다.

"이거? 이건 말이지. 다른 애들이 부탁한 거야."

아…… 그래. 심부름꾼으로 부려먹고 있는 건가.

짐수레를 유심히 보니, 거기에 실린 것은 전부 책이었다. 아마 F

반 학생 전원이 반납하는 책일 것이다. 이렇게 많은 책을 짐수레에 실고, 혼자서 도서실까지 옮기는 건가…… 갸륵한걸.

"괜찮아?"

"응. 나, 꽤 힘이 세거든~."

에코는 의기양양하게 가슴을 펴며 그렇게 말했다.

"그렇구나. 그래도 이참에 도와주지."

"정말?!"

"그래. 내가 직접 도와주려는 거야. 흔치 않은 일이니까 영광으로 알아."

내가 장난스럽게 으스대며 그렇게 말하자, 에코는 한참을 기뻐한 후에 왠지 슬픈 표정을 지었다.

"세컨드, 고마워! 하지만 이건 나 혼자 할래."

"응? 왜?"

"내가 남에게 도움이 될 일은 이것뿐이거든. 그러니까 다른 사람들의 심부름을 열심히 할 거야. 열심히 하다보면, 다들 나를 상냥히 대해줄 거잖아."

"……."

갑자기 심장이 아팠다. 뭔가가 생각났다.

……뭐가 생각난 거지?

내 마음 속 깊은 곳에서 「그만둬」 라는 말이 흘러나왔다.

그러지 마, 에코. 그건—.

"그럼 안녕~!"

에코는 힘차게 손을 흔든 후, 짐수레를 옮기기 시작했다.

그 솔직하면서도 필사적인 모습을, 바보처럼 우직한 모습을…… 그리고, 결코 맞물리지 않는, 그렇기에 부질없는 노력의 수레바퀴를 본 나는 이 아픔의 밑바닥을 떠올렸다.

부질없다.

온라인 게임을 해봤자, 아무 짝에도 쓸모없다. 그 누구보다 노력해서 세계 1위가 되더라도, 어차피 온라인 게임을 하는 것일 뿐이다.

실은 내가 누구보다 잘 알고 있다. 이딴 것에 인생을 걸어봤자 아무 짝에도 쓸모없는 짓이라는 것을 말이다.

"……그래. 부질없어……."

그 절망의 밑바닥을 맛보며, 나는 처절할 정도로 깨달았다.

자신의 노력이 얼마나 부질없고 덧없는지를. 자신이 아무리 바보에 멍청이에 쓰레기에 구제할 길 없는 인간이었는지를. 그것을 수도 없이 되새김질한 끝에, 비참하게 죽고 말았다.

나는 도망쳤다. 현실은 어찌할 수 없기에, 재미있는 온라인 게임으로 도망쳤다. 귀찮으니까 사회로부터 도망쳤다. 타인으로부터 도망쳤다. 생활로부터 도망쳤다. 싫어서 도망쳤다. 생각대로 되지 않으니까 어리광부리듯 어린애처럼, 내가 멋대로 생각한 불합리에 대해 불합리할 정도로 화내며, 자기기만과 정당화를 되풀이한 끝에, 마지막에는 무책임하게 모든 것을 내팽개치며 삶으로부터 도망쳤다.

그리고 이 세상에 왔다. 기적이 일어난 것이다. 신의 축복이라 해도 과언이 아니다. 아무 짝에도 쓸모없는 나는, 어째서인지, 기적적으로, 구원받았다.

……하지만, 과연, 그녀에게도 기적이 일어날까?

에코는 언젠가, 나와 마찬가지로 절망을 맛볼 것이다. 아니, 이미 맛보고 있을지도 모른다.

그녀의 심정은 뼈저리게 이해한다. 그렇기에, 그것을 깨달았기에, 나는 이 손으로 그녀를 구해주고 싶다고 진심으로 생각하는 것이다.

“세컨드 님?”

실비아의 걱정스러운 목소리가 들리자, 나는 퍼뜩 정신을 차렸다.

에코는 짐을 다 옮긴 건지 이 자리에 없었다.

“……미안해. 돌아가자.”

나는 터벅터벅 학교를 벗어났다. 에코 리플렛, 나를 닮은 듯한 그녀에 대해 생각하면서…….

◇◇◇

심야. 나는 여관의 침대에 누워서 생각을 했다. 에코를 구원할 방법을 말이다.

“그 녀석은 진짜로 무능한 걸까?”

진짜로 무능하다면, 대체 어떻게 명문인 『왕립 마술 학교』에 다니고 있는 걸까. 나는 그 점이 신경 쓰였다.

왕립 마술 학교는 각 학년이 A~F반으로 나뉘어 있으며, A에 가까운 반일수록 우수한 학생이 속해 있다고 한다. 하지만 F반 또한 왕국에서도 우수한 인재들이 다니고 있는 엘리트 학교다. 에코도 이 학교에 입학한 것을 보면 마술에 지식이 지녔을 것이며, 최소한 마술을 쓸 수 있을 것이다.

그렇다면 왜 「낙제생」이라는 소리를 듣는 것일까. 그 원인으로 예상되는 것을 몇 가지는 꼽을 수 있다.

하나, 그녀의 성장 타입이 전투술 특화형이라 마술 관련의 스테이터스가 낮다.

이것이 가장 가능성이 클 것으로 여겨진다. 마술을 쓸 수 있더라도 INT가 낮으면 대미지가 나오지 않는 것이다. 그러니 무능하다는 소리를 들을 가능성이 크다.

둘, 마술은 습득했지만 MP량이 부족하다.

이것도 충분히 가능성이 있다. 아무리 마술을 익히더라도 MP가 부족하면 쓸 수 없다. 하지만 1형과 2형을 쓸 수 없을 만큼 MP가 낮은 성장 타입을 나는 들어본 적이 없다. 그러니 이 가능성은 낮을 것이다.

셋, MP는 충분하지만 마술을 습득하지 못했다.

머리가 좋은 편이 아닌 듯한 에코가, 어려운 마도서를 이해하는 건 어려우리라. 가능성이라면 충분히 있다.

넷, 그녀가 수인이라서다.

실비아의 말에 따르면 「캐스탈 왕국에는 수인 차별과 다크 엘프에 대한 박해가 뿌리 깊게 남아 있다」고 한다. 하지만 그것은 여러 요인 중 하나일 것이다. 수인 차별에 피해 당사자의 낮은 능력이 더해지면서, 사태가 커진 것이다.

으음. 어떻게 한다…….

나는 어쩌면 좋을지 고민하며, 밤새도록 끙끙댔다.

그리고 다음 날 아침.

밤새도록 여러모로 생각해본 결과, 나는 결론을 내렸다. 그것은—.

"실비아. 나는 에코 리플렛을 동료로 영입할까 해."

에코를 동료로 삼는다. 그리고 스테이터스를 확인해서 그녀의 성장 타입 예상 및 어떤 적성을 지녔는지를 알아본 후, 실비아와 마찬가지로 그녀에게 적합한 직업을 찾아내는 것이다.

그녀는 남에게 도움이 되고 싶다며 최선을 다하고 있지만, 이대로 있다간 그 노력은 결실을 맺지 못한다. 그녀가 남에게 도움이 될 수 있는 환경을 갖춰주는 것이 구원이 될 거라고 나는 생각했다.

"……세컨드 님. 내 길은 그대와 함께하며, 당신의 길은 항상 나와 함께 한다. 이렇게 기쁜 일은 없을 거야. 나는 행운아다."

실비아도 에코를 도와주고 싶다는 생각을 하고 있었는지, 감격한 표정으로 무릎을 꿇었다. 아침부터 기사 놀이는 하지 말아줬으면 한다.

"에코가 제안을 받아들일지는 알 수 없어. 만약 거절당한다면 스테이터스라도 보여 달라고 해서, 그녀에게 적합한 길을 조언해주자."

우리 동료가 된다는 것은 학교를 그만둔다는 의미다. 간단히 내릴 수 있는 결단이 아니다. 나는 거절당할 것을 전제로 에코에게 이야기를 해보자고 생각했다.

"음, 그 편이 좋을 것 같다. 세컨드 님의 조언이 없었다면, 나도 내 안에 잠들어 있던 재능을 찾아내지 못했겠지. 그녀의 재능을 찾아내줬으면 한다."

실비아는 고개를 끄덕였다. 우리는 방침을 정한 후, 약간 개운한 기분으로 등교했다.

"아니……!"

교문을 지나려던 순간, 실비아가 경악했다.

우리의 앞에는 진흙으로 범벅이 된 채 길 한가운데에 주저앉아 있는 에코가 있었다.

……명백하게 이상했다. 나는 격렬한 위화감을 느꼈다.

"뭐, 뭐가 어떻게 된 거지?! 대체 무슨 일이냐!"

실비아가 나보다 먼저 에코를 향해 뛰어갔다.

나는 뒤따라 뛰면서 주위를 관찰했다. 그리고 위화감의 원인은 곧 판명됐다.

길을 가는 학생들 중 그 누구도 에코에게 말을 걸지 않았다.

그냥 지나치거나, 못 본 척 하거나, 혹은 무시하고 있었다……. 그런 악의가 명백하게 느껴졌다.

"어이, 에코. 왜 그래? 괜찮아? 넘어진 거야?"

나는 손을 내밀면서 가능한 한 별일 아니라는 투로 그렇게 물었다.

"괜찮아!! 말 걸지 마!"

거절의 절규였다. 에코는 내 손을 쳐내더니, 필사적인 표정으로 몸을 일으키며 도망치듯 뛰어갔다.

아아…… 이거다, 이거. 최악이다. 전에도 맡은 적이 있는, 그 냄새다.

절망의 냄새다.

그녀에게 무슨 일이 있었는지는 모른다. 하지만, 이것만은 알 수 있다. 에코는 역시 눈치채고 있었다—. 자신의 노력이 부질없다는 것을…….

그리고 깨달은 것이다. 「그렇게 부질없는 노력을 하며 외면해봤자 현실은 바뀌지 않는다」는 사실을 말이다. 지금까지 외면했던 현실을, 절망이라는 형태로 직시하고 만 것이다.

이건 아니잖아. 너무 슬픈 일이라고. 누구든 꿈을 꿔도 괜찮아. 안 그래?

"……구해주자."

나는 그렇게 중얼거리며 에코를 쫓아갔다. 오지랖일지도 모른다. 다소 불안이 느껴졌다. 하지만 실비아는 아무 말 없이 나를 따라왔다.

우리의 길은 함께 한다— 실비아가 했던 말의 의미를 이제 알 것 같다.

믿음직하다. 동료란, 정말 믿음직한 존재다.

그러니, 에코도 우리의 동료가 되지 않겠어……?

“오지 마!!”

에코를 막다른 골목에 몰아넣었다.

이 상황을 만드는 데 한 시간 이상 걸렸다. 이미 수업이 시작되었을 시간이다.

그건 그렇고, 이 녀석은 엄청 발이 느렸다. 하지만 따라잡아서 팔을 잡더라도, 상당한 힘으로 뿌리치며 또 도망치는 것이다.

한 시간 동안 그런 일이 반복되자, 실비아는 결국 체력이 바닥나고 말았다. 에코는 아직 SP가 남은 것 같았다.

발이 느리다. 힘이 세다. SP가 많다. 그리고 INT가 낮다……?

—혹시……. 내 머릿속에 어떤 예상이 떠올랐다.

“괜찮으니까 안심해라. 우리는 너한테 할 이야기가 있는 것뿐이다.”

실비아는 숨을 헐떡이며 그렇게 말했다.

“말 걸지 마! 가버려!”

에코는 고집스럽게 우리와의 대화를 거부했다.

“내버려두란 말이야!!”

그녀의 눈에서 눈물이 흘러나왔다. 지금까지 참아왔으리라. 에코는 엉엉 울면서 몸을 웅크렸다. 무슨 일이 있었던 건지 물어보고 싶지만, 지금은 그럴 때가 아닌 것 같았다.

“우에에에에엥!”

다가가서 손을 내밀어봤지만, 에코는 울면서 내 손을 쳐냈다.

……대화 자체가 불가능한 상황이다. 하지만 이대로 내버려둘 수는 없다. 그녀는 나락을 향해 추락하고 있다. 그 심정이 절절하게

느껴졌다. 즉, 이대로 뒀다간 자살할지도 모른다.

어쩌면 좋을까. 어쩌면 좋을까……. 궁리하고 또 궁리한 나는 딱 하나의 작전이 생각났다.

이것은 도박이다. 크나큰 도박이다. 하지만 해볼 가치는 충분히 있다.

만약 내 예상이 틀리면 큰일이지만, 지금은 이 도박을 해볼 수밖에 없다―.

"실비아, 놀라지 마."

나는 그렇게 말한 후, 에코에게 다가갔다.

"오, 오지, 마!"

에코는 흐느끼는 목소리로 거부했다. 그런 그녀의 눈앞에서, 나는…… 검을 뽑아들었다.

"세컨드 님, 뭘……?!"

실비아는 당황했다. 하지만 이제 돌이킬 수는 없다.

다음 순간, 나는 자신의 왼팔을 잘랐다.

◇◇◇

"어……?"

에코는 눈앞에서 벌어진 상황을 이해하지 못하는 건지, 얼이 나가버렸다.

"이, 바보!!"

"다가오지 마."

나는 응급 처치를 하기 위해 다가온 실비아를 제지했다.

"꺄아아앗?!"

에코는 경악에 찬 비명을 질렀다.

비명을 지르고 싶은 건 바로 나야……. 으으, 아파죽겠네에에엣……!

크으으으…… 아, 젠장. 그래도 참아야 해!!

에코를 팀 멤버로 삼는다면, 세계 1위에 한 걸음 더 다가갈 수 있어!

왜냐하면—.

"에코, 너는 회복마술에 적성이 있어. 이걸 써서 내 팔을 치료해봐!"

—그녀는 『근육승려』거든! ……아마도 말이야!!

"모, 모, 못 해. 못한단 말이야!"

에코는 울면서 고개를 저었다.

"그러지 말고, 해봐! 이 지팡이를 쥐어!"

나는 인벤토리에서 꺼낸 지팡이를 에코에게 억지로 쥐어줬다.

그것은 홀리 슬라임이 드랍한 『회복마술 지팡이·중』— 들고 있기만 하면 누구라도 【회복마술】《회복·중》을 쓸 수 있는 초레어 지팡이다.

에코의 성장 타입이 『근육승려』라면! 힐러 계열 성장 타입 한정의 「++」 추가효과가 발동되어서, 내 손을 순식간에 재생시킬 레벨의 회복량을 발휘될 것이다!

"크아아아아! 아파! 빨리 해!"

"하지만! 하지만!"

“하지만 같은 소리 말라고! 할 수 있다고 내가 말하잖아! 빨리 해!!! 빨리이이이이이잇!!”

“으, 응! 응!!”

나는 고함을 질렀다. 온몸에서 진땀이 나면서, 현기증과 구역질이 났다. 아아, 슬슬 한계다.

에코는 울면서도 고개를 끄덕이더니, 떨리는 손으로 지팡이를 치켜들었다.

……그래. 해. 너는 도움이 돼. 자신감을 가져! 눈치채! 그게, 네가 도망칠 길이야!

“앗……?!”

아마 그것은 놀라서 낸 목소리일 것이다. 자신의 스킬 란에서 《회복·중》을 발견했으리라.

“지, 지금 바로, 고칠게!!”

에코는 꼭 움켜쥔 지팡이를 휘두르며, 열심히 《회복·중》을 발동시켰다.

다음 순간이었다. 지팡이에서 뿜어져 나온 눈부신 빛이 나를 감싸더니—.

“나아버려!!!!!!!”

—그리고 에코가 그렇게 외친 순간, 내 왼팔이 원상 복귀됐다.

아아, 살았다…….

“와, 와아아아아아.”

에코는 자신이 자아낸 눈부신 빛에 놀라 엉덩방아를 찧으면서

도, 탄성을 터뜨렸다. 어처구니없네.

"아…… 미안한데…… 더는, 무리야."

"세컨드 님!"

나는 피를 너무 흘린 탓에 제대로 서있을 수도 없었기에, 비틀거리며 지면에 쓰러졌다. 으음, 공부가 됐어. 이 세상에서는 HP와 신체 결손이 치료되어도 컨디션까지 회복되진 않는 것 같았다.

우웩. 기분 나빠. 하지만 세계 1위가 될 자가 남들이 보는 데서 구토를 할 수는 없다. 아~, 죽겠네. 더는 무리야. 좀 봐달라고…….
구토를 안 하려고 필사적으로 참는 사이, 나는 곧 의식을 잃고 말았다.

『근육승려』.

나는 에코를 쫓는 도중에 그녀의 성장 타입을 눈치챘다.

발이 느리고, 힘이 세며, SP가 많을 뿐만 아니라, 마술 학교 낙제생, 즉 INT가 어마어마하게 낮다. 마술사에 적합하지 않은 그런 요소는 근육승려의 특징에 딱 맞아 들어갔다.

근육승려는 INT, AGI, DEX, LUK가 전부 낮다. 특히 INT와 DEX는 다른 그 어떤 타입과도 비교도 안 될 만큼 극단적으로 낮다. 그 대신, HP, MP, SP, STR, VIT, MGR(마술방어력)이 높으며, 그 중에서도 HP와 MP와 SP는 어마어마하다. 중급자인 실비아보다도 스태미나가 뛰어날 정도로 말이다.

INT가 낮기 때문에 【마술】에 적성이 없다. DEX도 낮기 때문에

【궁술】에도 적합하지 않다. STR은 나쁘지 않지만 AGI가 낮기 때문에 움직임이 느리다. INT가 낮은데 MP가 많다. 이런 요소만 본다면 계륵이나 다름없다. 하지만 일부 상위 랭커들은 이 성장 타입을 즐겨 선택한다.

유명한 팀에는 멤버 중 한 명이 꼭 이 근육승려 타입인 것이다.

그 이유는 무엇일까. 바로 탱커이기 때문이다.

근육승려는 뛰어난 HP, SP, VIT를 살려서 【방패술】로 동료들의 『벽』이 되어 마물들의 공격을 대신 받는다. 그리고 대미지가 쌓이면 직접 【회복마술】을 써서 HP를 회복시키는 것이다.

즉, MP가 바닥날 때까지 벽 역할을 할 수 있다.

또한 【회복마술】은 【마술】과 다르게 INT 수치에 효과가 좌우되지 않는다. 왜냐하면 INT란 【마술】 스킬의 공격력에 직결된 능력치이며, 회복마술의 효과와는 상관없기 때문이다.

즉, 근육승려란 탱커를 맡으면서 자가 회복을 계속해서 벽 역할을 계속 수행할 수 있는, 근육질 마초맨 힐러를 육성하기 위한 성장 타입이다. 이 타입은 「재생되는 벽」이라는 별명으로 불렸다. HP가 아무리 깎여도 쓰러지지 않는, 마치 자가 재생이라도 하는 것처럼 견고하고 끈질긴 탱커이기 때문이다. 뭐, 실제로 직접 회복을 하는 만큼, 재생된다는 표현이 적절할 것이다.

그렇다. 근육승려란 그 정도로 강력한 성장 타입이다. 일반적인 탱커인 중전사나 중기사 따위는 비교도 안 되는 탱커이자, 최전선에서 활약하는 벽 역할의 프로페셔널인 것이다.

그런 근육승려인 에코가 동료가 된다면…….

전위, 중위, 후위. 근육승려인 에코, 올라운더인 나, 마궁술사인 실비아로 흠잡을 구석 없는 팀이 갖춰진다. 더욱 높은 수준을 지향할 수 있다. 세계 1위에 성큼 다가서는 것이다.

꼭 가지고 싶다— 나는 그렇게 생각했다.

확실히, 과거의 나와 마찬가지로 절망에 사로잡힌 그녀의 마음을 구원해주고 싶다는 생각은 가지고 있었다. 나는 그런 이를 구원할 방법을 기적적으로 알고 있으니, 손을 내민 것이다.

하지만 그와 동시에, 세계 1위가 되기 위해 「순종적인 동료를 얻고 싶다」라는 마음이 내 마음속에서 커져가고 있었다.

나는 그녀를 이용하려 하고 있다. 회복마술을 익힌다면 남에게 도움이 될 수 있다, 그러니 내 동료가 되어라, 같은 식으로 말이다.

생각해보니 실비아 때도 마찬가지였다. 그녀의 마음에 존재하는 빈틈을 교묘하게 이용해, 내 동료가 되게 유도했던 것이다.

그녀들은 그걸로 괜찮은 걸까? 나는 이걸로 괜찮은 걸까? 불안했다.

무모한 짓을 해서 관심을 끈 후, 나를 억지로 따라오게 했다. 하지만 나는 그녀들이 함께해 주기를 바라고 있었다. 부탁이야. 부탁할게. 따라와 줘. 나를, 나를—.

"……으응……."

……왠지 무서운 꿈을 꾼 것 같았다. 정신을 차려보니 침대 위에 있었다. 유심히 보니, 이곳은 내가 묵고 있는 여관의 방이었다.

"어이."

"정신이 들었구나!"

내가 입을 열자, 실비아는 고함을 치며 내 손을 잡았다.

"……무리하지 마라. 이 팔이 없으면 세계 1위가 될 수 없지 않나."

실비아는 내 오른손을 상냥히 쓰다듬으면서 그렇게 말했다.

"이런 말 하는 건 좀 그런데, 내가 자른 건 왼팔이야."

"……."

실비아는 얼굴을 새빨갛게 붉혔다.

"아얏."

그녀는 볼을 부풀리며 아무 말 없이 내 손을 찰싹 소리가 나게 때리더니, 이번에는 걱정스러운 표정을 지으며 침묵을 깼다.

"……악몽에 시달리는 것 같더구나."

역시 그랬구나. 그래서 그런지 기분이 최악이었다.

불현듯, 꿈속에서 품었던 그 의문을 그녀에게 말한다면 마음이 편해질 거라는 생각이 들었다.

하지만, 약한 소리를 할 수는 없다. 해선 안 된다. 세계 1위가 될 자가 남에게 약한 모습을 보일 수는 없다.

"아무 것도 아니니까, 걱정하지 마."

내가 퉁명한 어조로 그렇게 말하자, 실비아는 「그래」 하고 말하면서 고개를 끄덕였다. 그리고 내가 넋을 놓고 쳐다볼 만큼 환하게 웃으며 입을 열었다.

"걱정하지 마, 라……. 그건 내가 할 말이다. 나는, 그리고 에코는 구원받았다. 다른 누구도 아닌 세컨드 님에게 말이다. 그 행동이 타산이나 책략에 따른 결지라도 상관없다. 혼자서는 어쩌지 못하는 상황에 처한 우리를, 세컨드 님은 간단히 구원했다. 나에게 중요한 것은 이 사실 뿐이다. 걱정하지 마라. 지금 이대로면 된다. 걱정할 건 없다. 나는 귀공의 기사다. 언제까지나 그대와 함께할 것이다."

실비아는 자신이 할 만한 한 후, 방에서 나갔다.

나는 그 뒷모습을 아연실색한 표정으로 쳐다보고 있을 수밖에 없었다.

내가 잠꼬대를 한 것일까? 아니, 그것만이 아니다. 아마 실비아는 처음부터 전부 눈치채고 있었던 것이다. 내가 그녀의 약점을 잡고 이용하려 하는 것도, 때때로 그것을 불안하게 여기는 것도 말이다.

그런데도 그녀는 나에게 말했다. 「함께 하겠다」고 말이다.

……좋은 여성이다. 진심으로 그렇게 생각했다.

"세컨드!"

내가 말로 형용할 수 없는 안도감을 느끼고 있을 때, 에코가 문을 박살낼 기세로 열어젖히며 들어왔다.

그리고 내 품에 뛰어들더니, 울먹이는 목소리로 「미안해」 라는 말만 연이어 했다.

뭐가 미안하다는 건지 모르겠다. 하지만 이렇게 사과하는 것을 보면, 기회가 온 것은 분명했다.

"에코, 다시 말하겠어. 너는 회복술사가 적성에 맞아. 학교를 그만두고 내 동료가 되어줘."

나는 이 기회에 말했다. 그녀를 이용하기 위해, 그리고 그것이 그녀를 구원해줄 거라고 믿으며 말이다. 괜찮다. 아까 실비아도 말했잖아. 이러면 된다. 불안 따위 느낄 필요가 없다.

에코는 내 권유를 듣더니, 얼굴을 들며 눈물에 젖은 얼굴로 환한 미소를 지었다.

“기뻐! 나, 도움이 되는 거야?!”

“그래. 나와 같이 가자.”

내가 열정에 찬 목소리로 그렇게 말하자, 환하게 웃으며 고개를 끄덕이려던 에코의 얼굴에…… 그늘이 드리워졌다.

“으…… 하지만…… 하지만…….”

고민을 하고 있는 것 같았다. 나를 따라가고 싶다. 하지만 그럴 수 없다. 그런 고뇌가 느껴졌다.

……피치 못할 사정이 있는 건가?

“저기, 학교를 그만둘 수 없는 이유라도 있는 거야?”

“어떻게 알았어?!”

에코는 눈을 동그랗게 뜨면서 깜짝 놀란 목소리로 그렇게 말했다.

“나는 세계 1위거든. 자아, 이야기해봐.”

나는 당당히 고개를 끄덕이며 에코가 말을 할 때까지 기다렸다.

“그게…….”

에코는 눈물을 닦은 후, 더듬더듬 이야기를 시작했다.

듣자하니, 그녀는 왕도에서 한참 떨어진 곳에 있는 수인 마을 출신이라고 한다.

에코는 어릴 적부터 MP가 말도 안 될 정도로 뛰어났고, 그것을 안 아버지가 주위에 자랑을 하다 보니 「에코는 마술에 재능이 있는 게 아닐까」 하며 마을 사람들에게 기대를 샀다.

그렇게 이야기가 점점 커지더니, 결국 에코는 작년에 마을 사람들 전원이 모은 돈으로 명문 『왕립 마술 학교』에 입학하게 됐다.

시골의 수인 마을에서 나온 천재. 에코가 어엿한 마술사가 되면 마을이 부흥하리라. 그런 얄팍한 생각을 한 것이다.

어떻게 입학 시험을 통과한 것일까. 에코는 성장 타입 탓에 INT가 매우 낮을 뿐인지라, 스킬 습득과 마술 지식의 공부에는 아무런 문제도 없었다. 아니, 오히려 우수했다. 2형도 바람과 흙 속성 마술도 이미 익혔다. 하지만 INT가 너무 낮기 때문에 위력이 다른 학생의 절반에도 미치지 못했다. 그래서 「낙제생」인 것이다.

"……그러니까, 관둘 수 없어. 그건 마을 사람들의 기대를 배신하는 거야."

마을 사람들의 기대. 그것이 무엇을 낳은 건가.

그것은 거대하기 그지없는 짐이다. 그 짐은 한 소녀의 마음을 짓누르며, 지금도 으스러뜨리려 하고 있었다.

"……괜찮아. 내가 도망칠 길을 준비해뒀어."

"뭐……?"

"도망칠 수 있어. 다행스럽게도, 끝내주는 도망칠 길이 있거든."

내 때와는 다르게 말이야.

"도망칠, 길?"

"그래. 안심해."

나는 깊이 고개를 끄덕인 후, 에코에게 말했다.

"잘 들어. 나는 세계 1위가 될 거야. 세계 1위 말이야. 알겠어? 전 세계에서 최고가 될 거라고. 나보다 강한 녀석은 그 어디에도 없는 거야. 그리고 너는 그런 나의 팀 멤버인 거지. 잘 생각해 봐. 이것보다 더 명예로운 일이 있을 것 같아? 왕립 마술 학교 따위는 코딱지나 다름없어. 궁정마술사 따위는 비교도 안 된다고. 너희 마을 녀석들도 만족, 아니 너무 만족해서 사흘 밤낮으로 축제를 벌인 후에 네 동상을 마을 한가운데에 세운 후에 자손들에게 네 위업을 이야기하겠지. 전설적인 영광이야. 네가 마을로 돌아갈 즈음에는 다들 무릎 꿇고 울면서 맞이해줄 정도로 너는 위대한 존재가 되어있을걸?"

"……풉, 후훗."

"아아~ 에코 님~. 돌아오셨군요~! 우선 촌장이 이렇게 말하겠지? 그 다음에는 네 아버지가 이렇게 말할 거야. 에코~, 세컨드 님의 사인을 받아다오~!"

"꺄하하!"

"다른 마을 남자들이 어쩔지 신경 쓰여? 어이어이. 발밑을 보라고, 에코. 자아, 아까부터 네가 밟고 있는 건 무릎 꿇은 남자들의 등이라고!"

"꺄하하하하!"

에코는 웃었다. 큰 목소리로, 무릎을 두드리면서, 배를 감싸 쥔 채, 힘찬 목소리로 말이다.

그런 에코를 본 나 또한 덩달아 웃었다. 나쁜 생각은 전혀 들지 않았다. 지금 눈앞의 일을 아무튼 열심히 즐긴다. 그게 매우 어려운 것이다.

한참을 웃은 후, 에코는 나에게 솔직한 목소리로 말했다.

"세컨드! 너를 따라갈래!"

이리하여, 근육승려 수인 에코 리플렛이 내 동료가 됐다.

◇◇◇

다음 날. 나는 실비아와 에코를 데리고 교장실을 방문했다.

"에코를 오늘부로 퇴학 처리한 후, 제 시종으로서 A반에 재학하는 것을 허가해주셨으면 합니다."

"부탁합니다."

내 뒤를 이어 에코도 부탁을 했다. 폴라 교장은 내 말을 듣더니 얼이 나갔다.

나 또한 말도 안 되는 소리를 하고 있다는 걸 알지만, 이 요청이 받아들여질 거라는 확신을 가지고 있었다. 왜냐하면 어제 벌어진 「에코 진흙 범벅 사건」을 많은 학생들이 목격했기 때문이다.

"……잠시 시간을 주겠어?"

"상관없습니다. 얼마나 기다리면 되죠?"

나는 고압적인 태도를 취했다. 분노를 겉으로 드러내며 말이다.

"점심 때, 긴급 임원 회의를 열게. 그 후에 결론을 알려주겠어."

좋았어. 아마 내 요구는 받아들여질 것이다.

"그럼 결과를 고대하고 있겠습니다. 오전은 수업을 결석하도록 하죠. 그럼 실례하겠습니다."

내가 그렇게 말한 후, 우리는 교장실을 나섰다.

"세컨드 님. 왜 방금 같은 말을 한 거지?"

방을 나선 후, 실비아가 고개를 갸웃거리며 물었다.

"나는 유학생이야. 그것도 다른 나라의 귀족이지. 그런 내가 집단 괴롭힘을 목격했어. 그것도 수인을 괴롭히는 광경을 말이지."

"……그렇군. 만약 지팡구가 수인을 정중히 대하는 나라라면……."

"일이 성가시게 되었다고 생각할 거야. 게다가 설령 그렇지 않더라도 상대방에게 매우 나쁜 인상을 준 거지. 게다가 이곳의 교직원들이 집단 괴롭힘을 묵인해왔다고 여겨져도 이상하지 않을 상황이야. 더는 문제를 일으키고 싶지는 않을걸? 그러니 가능한 한 원만하게 일을 처리하려고 할 거야. 그러니 내 요구를 들어주겠지."

"세컨드는 머리 좋네!"

"흐흥, 세계 1위거든."

그 후, 도서실에서 실비아의 마술공부를 도와주다 보니 순식간에 점심때가 되었다.

학생식당에 점심을 먹으러 가니, 재빨리 우리를 발견한 마인이 종종걸음으로 다가왔다.

"세컨드 씨! 이야기는 들었어요. 에코 양을 시종으로 삼는다면서요?"

어이 그걸 네가 어째서 알고 있는 거야. 겨우 반나절 만에 소문이 퍼진 건가? 여기는 진짜 쓰레기 같은 학교네.

"이 녀석은 우수한 회복마술사거든. 그걸 눈치 못 챈 걸 보면, 이 학교도 변변찮은걸."

나는 짜증이 치솟은 나머지 그렇게 말했다. 그러자 마인은 「아하하」 하고 웃음을 터뜨렸다.

"왜 그래?"

"이야, 세컨드 씨는 여전하네요! 당신의 그런 솔직한 면을 정말 좋아해요."

"……너, 역시 호……."

"세컨드 님!!!"

실비아는 무시무시한 표정으로 내 옆구리를 찌르면서 왕자님께 감히 무슨 소리를 운운을 늘어놓으며 화냈다. 마치 엄마 같다. 옆에서 「호?」 하고 말하며 고개를 갸웃거리는 에코가 귀여웠기에, 나는 실비아에게 꾸중을 들으면서도 에코의 머리를 쓰다듬어줬다.

"실비아 양도 여전하군요. 에코 양과도 사이가 좋아 보여서 부러워요."

마인은 그런 우리를 부러움이 섞인 듯한 눈길로 바라보며 미소 지었다.

"아, 여기 있었군요."

내가 쇠고기 덮밥을 다 먹었을 즈음, 담임인 케빈 선생님이 나타났다.

"아, 어떻게 됐나요?"

내가 그렇게 묻자, 케빈 선생님은 고개를 끄덕이며 대답했다.

"별 문제없이 통과됐어요. 에코 양은 세컨드 군의 시종으로서, 오늘부터 A반에 속하게 됐습니다."

"그런가요. 다행이군요."

내가 미소를 지으며 그렇게 말하자, 케빈 선생님도 마주 웃은 후 돌아갔다.

「왜 시종으로?」, 「왜 A반에?」 하고 묻지 않는 것을 보면, 그는 머리 회전이 빠른 것 같았다. 만약 그런 질문을 받았다면 「그녀가 또 괴롭힘을 당하는 걸 방지하기 위해서예요」 라고 빈정거리는 말투로 말했을 것이다.

"세컨드 님. 그런데 왜 에코를 A반에 넣은 거지?"

……아, 그러고 보니 우리 팀에는 이 얼간이 여기사가 있었지.

"왜야?"

에코도 물었다.

나는 말문이 막혔다. 괴롭힘을 당하지 않도록, 하고 말하는 건 간단하지만 실은 그렇지 않았다.

한때는 에코를 괴롭힌 놈들에게 복수를 해줄까 생각하기도 했다. 거꾸로 에코가 이렇게 대단하다는 것을, 이렇게 도움이 되는 녀석이라는 것을 과시해도 될 것이다.

하지만 본인은 그것을 바라지 않았다.

그저 단 한 마디, 같이 있고 싶다고 그녀는 말했을 뿐이었다.

"……동료이기 때문이야."

그렇기에, 나는 그렇게 중얼거리며 자리에서 일어났다.

아무튼 지금은 서둘러 도서실에 가야 한다. 남은 유학기간은 한정되어 있다. 실비아가 한시라도 빨리 마술을 익혀야만 하는 것이다. 그리고 나도 3형 마도서를 손에 넣을 방법을 생각해야 한다.

자아, 이제부터 바빠질 것 같다. 나는 약간 뜨거워진 머리를 식히려는 듯이, 빠른 걸음으로 도서실로 향했다.

그 후로 일주일이 흘렀다.

나의 친절하고 자상한 강의 덕분인지, 실비아는 사흘 만에 【마술】《불 속성·2형》을 습득했다.

마인에게 「이 녀석, 일주일도 안 되어서 익혔어」 하고 자랑하자, 「천재군요!」 하며 깜짝 놀랐다. 보통은 아무리 짧아도 2주는 걸린다고 한다. 참고로 그 최단기간은 마인이 익히는 데 걸린 시간이라고 한다. 이 녀석도 재능이 있는걸.

게다가 실비아는 요령을 파악한 건지 「왠지 3형도 익힐 수 있을 것 같은 느낌이 든다」 하고 말하면서 사서에게 요청을 했다.

그러자 사서장 실크가 성큼성큼 다가와서 「실비아 양은 대단한 재능을 지녔군요! 당신 같은 분에게라면 당연히 대여해 드려야죠!」 하며 바로 허가를 내줬다. 그럼 내 때는 왜 안 빌려준 건지 물어보고 싶었다. 「익힐 가능성도 없는 3류한테 빌려줄 리가 없잖아, 멍청아」 같은 의미인 걸까?

하지만 그 덕분에 나도 습득할 기회가 찾아왔다. 실크의 마음에 든 실비아에게 부탁해서 네 가지 속성의 3형 마도서를 전부 빌린 후, 옆에서 힐끔 보았다. 그 결과, 나는 네 가지 속성 전부의 3형을 습득했다. 굴러온 호박이다.

실비아도 꽤 노력을 한 건지, 나흘째부터 「조금만 더~ 조금만 더~」 하며 뭔가에 홀린 것처럼 도서실에 틀어박혀 마도서를 읽었다.

나는 실비아에게 가르쳐 줄 것을 전부 가르쳐 줬기에 한가했다. 에코와 둘이서 교정에서 데굴데굴하거나, 마인을 포함해 셋이서 간단한 게임 혹은 캐치볼을 하며 놀았다.

마인은 특히 『끝말잇기』가 마음에 들었는지, 툭하면 나에게 도전을 했다. 얼마 전에는 수업 시간에 찢은 공책 귀퉁이에 『결투』라 적어서 나에게 건넸다. 투르크메니스탄이라 적어서 주자 「모른다」, 「약았다」 하고 말하는 듯한 표정으로 나를 쳐다보았기에 비웃어줬다. 마인은 볼을 부풀리며 「흥이다~」 라고 말하듯 고개를 돌렸지만, 다음 수업 시간에는 『탄로』라 적힌 메모지를 나에게 건넸다. 꽤 귀여운 녀석이지만, 왕자다운 모습은 전혀 찾아볼 수도 없기에 이래도 괜찮은지 걱정이 됐다.

수업 사이의 쉬는 시간에 마인이 뭔가를 묵묵히 읽고 싶어서 쳐다보니, 그 녀석은 사전을 뒤지며 끝말잇기에 써먹을 단어를 찾고 있었다. 그건 너무 약았잖아. 나는 다음 끝말잇기를 할 때, 「이제부터는 끝말잇기가 아니라 앞말잇기를 하자. 축구」 하고 말하자, 그대로 주저앉으면 낙심했다. 이 나라의 제2왕자는 대체 어떻게 되어먹은 거야…….

아무튼 우리는 이런 식으로 느긋하게 하루하루를 보냈다. 언뜻 보기에는 아무 것도 안하고 있는 것 같지만, 사실 나에게는 목적이 있었다.

그것은 바로 마인의 마음에 드는 것이다.

이미 목적은 달성한 것 같지만…… 아니, 내가 별다른 행동을 취하지 않았는데도 나를 따르고 있지만, 이걸로는 부족하다는 생각이 들었다.

왜 마인의 마음에 들려 하는 것인가. 그것은 바로 4형 마도서 때문이다.

4형은 왕궁에 있다. 마인은 그렇게 말했다. 갑등급 던전 『알긴』—갑등급 중에서도 가장 간단한 던전이지만— 4형 전 속성 마도서는 그곳의 보스가 각각 약 10%의 확률로 드랍한다.

현재 나와 실비아, 에코만으로 『알긴 던전』을 도는 것은 쉽지 않다. 게다가 던전을 반복해서 도는 것은 그 자체만으로도 귀찮은 일인 만큼, 가능하면 피하고 싶다.

나는 그렇게 생각한 결과, 「부탁을 하면 왕궁에 데려가줄 정도의 관계」가 될 때까지 마인과 친해지려는 것이다.

"세컨드, 이건 뭐야?"

그런 생각을 하며 교정을 데굴거리고 있을 때, 에코는 어딘가에서 주워온 전단지 같은 것을 나에게 보여줬다.

나중에 알게 된 것인데, 에코는 글이 익숙하지 않았다.

즉, 이 세계의 공통 언어인 일본어를 능숙하게 구사하지 못하는 것이다.

어째서일까. 나는 곧 그 이유를 눈치챘다. 그러고 보니 뫼비온에서는 주요한 NPC 이외의 수인은 『수인어(獸人語)』로 말했다.

즉, 에코는 이 학교에 들어오기 위해 일본어를 일부러 익힌 것이다. 그리고 사전을 뒤지며 마도서를 읽어야 한다는 핸디캡을 안고 있으면서도, 바람과 흙 속성 마술의 2형을 습득했다. INT가 낮아서 별 쓸모가 없지만 말이다.

어쩌면 이 녀석은 바보 같아 보이지만, 실은 엄청 머리가 좋을지도 모른다. 교회에는 【회복마술】《회복·소》 마도서가 놓여 있을 것이다. 자력으로 익힐 수 있을 것 같으니, 빨리 데려가서 익히게 하는 편이 좋을까.

"호?"

……입을 동그랗게 벌리고 있는 저 바보 같은 표정을 보니, 머리가 좋은 것 같지는 않았다.

어쩌면 내 착각에 불과할지도 모른다.

"줘 봐."

"응!"

내가 손을 내밀며 그렇게 말하자, 에코는 전단지를 건네줬다.

그 전단지에는 『제51회 마술 대회 개최 참가자 모집 중』이라고 적혀 있었다.

아무래도 이 왕립 마술 학교의 어마어마하게 넓은 운동장에서 이 대회가 개최되는 것 같았다. 개최일은 우리의 단기 유학 마지막 날이다.

"마술 대회가 열리는 구나. 연례행사 같네. 우승자에게는 상품을 주는 것 같아."

"흐음~. 뭘 주는 거야?"

"응? 으음…… —윽?!"

나는 눈을 의심했다.

우승 상품은『추격의 반지』라고 적혀 있었다.

"……에코. 마술 대회에 나가자."

나는 그 자리에서 참가를 결정했다.

◇◇◇

추격의 반지. 이것은 촌스러운 이름과 다르게, 매우 강력한 액세서리다.

효과는「마술 발동 후 10%의 확률로 추가 공격」이라는 단순한 것이지만, 그것이 엄청난 혜택을 가져다준다.

예를 들어 HP가 엄청 많은 보스를【마술】로 하염없이 공격해야만 하는 상황이 벌어졌다고 생각하자. 1,000번 이상 공격을 해야 할 때, 그 1,000번의 공격 중 10%가 **2회 공격**이 되는 것이다. 즉, 약 100번 공격을 득보는 것이다.

「별 것 아니네」, 「그런 상황은 흔하지 않잖아」 하고 생각하는 사모님. 그렇지 않답니다.

사실 이 액세서리는 3단계 강화가 가능하다. 고위의 『대장장이타입』을 동료로 삼아서 장비의 《성능강화》가 가능해지면, 추격의 반지는 괴물 같은 성능으로 진화하는 것이다.

구체적으로 설명하자면, 3단 강화 후에는 추격 공격 성공률이 10%에서 25%로 늘어난다. 4번에 1번은 성공하는 것이다. 1,000번을 공격하면 약 250번은 이득이다. 엄청난 효과인 것이다. 피부가 맨들맨들해질 뿐만 아니라 덤으로 혈액순환도 좋아지는 격이다.

하지만 그렇게 뛰어난 성능을 갖춘 아이템이 레어하지 않을 리가 없다. 가격은 15억 CL. 저반발 베개 세 개 정도는 덤으로 줘도 될 듯한 가격이다.

농담은 그쯤 하기로 하고, 뫼비온 시절에도 엄청 고가였던 액세서리다. 이 세상에서는 가격이 얼마나 할지 상상조차 안 되었다.

……………………가지고 싶다.

반드시 손에 넣고 싶다. 그 어떤 수단을 써서라도 말이다.

나는 결의를 다진 후, 마술 대회에 참가 신청을 했다.

다행인 것은 마술 대회의 개최일이 유학 마지막 날이라는 점이다. 다른 나라 사람이라 마도서를 신기하게 여긴다고 말했던 내가 2형과 3형 마술을 펑펑 써댄다면 일부 사람들이 매우 수상하게 여기겠지만, 재빨리 내빼면 별 문제 없을 것이다.

……아니, 별 문제없을 거라 여기고 싶다. 아무튼, 그 어떤 의심

을 받아도 괜찮으니 추격의 반지를 손에 넣고 싶다.

"마인, 너도 마술 대회에 참가하는 거야?"

마술 대회 전날. 점심시간에 내가 별생각 없이 그렇게 묻자, 마인의 표정이 딱딱하게 굳었다.

"아, 예. 제2왕자라서 무조건 참가해야 해요……. 세컨드 씨도 나갈 거예요?"

"그래. 나갈 거야."

"푸읍~?!"

내 옆에 있던 실비아가 깜짝 놀란 나머지 마시던 음료를 뿜었다.

"나는 그런 말 못 들었다!"

"말 안 했거든."

평소와 마찬가지로 말이다. 이번 리액션은 꽤 나이스한걸.

"저기, 마인. 너, 혹시 마술 대회 관련으로 안 좋은 일이라도 있어?"

나는 신경이 쓰여서 물어보았다. 그러자 마인은 표정을 굳히며 침묵을 깼다.

"내일은…… 형님께서 오시기로 되어 있어요……."

"제1왕자 말이구나. 싫어하는 거야?"

"그렇지는 않은데, 좀 거북하거든요……."

싫어하나 보네.

"……형님은 재능 지상주의자예요. 저는 마술에만 재능이 있으니까, 검술이 특기인 형님은 저를 못난 녀석이라고 여기며 엄청 깔봐요. 게다가 저한테는 그럴 마음이 없는데도, 형님과는 왕위 계승을 다투는 관계이기 때문에 사이가 험악해요. 내일은 제1기사단장으로서 시찰을 오기로 되어 있는데, 분명 진짜 목적은 저를 대중 앞에서 깎아내리는 거겠죠."

제1왕자는 제1기사단의 단장인 건가. 그리고 성격이 꽤나 더러운 녀석 같다.

"…………."

내가 실비아를 힐끔 쳐다보니, 그녀는 벌레라도 씹은 듯한 표정을 짓고 있었다.

오호라. 실비아를 괴롭히던 기사단 상층부의 부패 세력, 그들의 우두머리가 바로 제1왕자인 것이다.

"마술 대회에 결석할 수는 없는 거야?"

"그럴 수는 없어요! 저는 제2왕자이니까요."

"아~, 꾀병을 부리는 건 어때?"

"그럼 형님은 이렇게 말할걸요? 그 약해빠지고 못난 동생은 마술 학교에 다니면서도 마술 대회에 참가하지도 않는 겁쟁이 비겁자다! ……하고 말이에요."

……제2왕자라는 이유만으로 뒷돈을 줘서 좋은 성적을 받았다는 의심을 받고 있는 상황을 볼 때, 제1왕자한테 그런 말을 들었다간 이 학교에 더 남아있기도 힘들 것이다.

그렇다고 대회에 나갔다간 사람들 앞에서 매도당할 뿐만 아니라, 그 말 하나하나에 반론해야 하는 거지? 왕자도 참 고생이네…….

"저기, 미안해."

"……괜찮아요, 세컨드 씨. 어쩔 수 없는 일이니까요."

마인은 체념한 건지, 해탈한 듯한 표정을 지으며 그렇게 말했다.

그런 슬픈 현실에 개의치 않으며 내 옆에서 밥을 열심히 먹고 있던 에코를 보니, 왠지 마음이 조금은 치유되는 것 같았다.

"참, 세컨드 님."

"응? 왜 그래?"

"오늘 아침에 3형을 습득했다."

"정말이야? 오, 오늘 아침?! 처음 듣거든?!"

"말 안 했으니 당연하지."

"…………."

젠장, 한 방 먹었네…….

마술 대회 당일. 운동장에는 수많은 관객이 모여 있었다.

나는 실비아, 에코와 헤어진 후에 혼자서 출전자 대기실로 향했다. 실내에는 출전자로 보이는 학생이 몇 명 모여 있었으며, 모여서 잡담을 나누고 있었다. 인원은 열 명 정도인가. 전원 남자였다.

"그건 그렇고 우승 상품인 이 반지…… 대체 뭐지? 듣도 보도 못한 거네."

"작년도 50주년인데 상품이 별 볼 일 없었다니까, 매년 규모가 축소되고 있는 것 같아."

"참가자도 줄었고 룰도 변경되잖아. 이제 하향세 같네."

가만히 있어도 잡담의 내용이 들렸다. 이 녀석들은 학생인 자신들의 레벨이 떨어지고 있다는 건 깔끔하게 무시하며 저딴 소리를 늘어놓고 있었다.

그건 그렇고, 마술사 지망이면서 추격의 반지가 지닌 가치를 모르는 건가? 확실히 무강화 상태에서의 10% 추격은 미미한 효과라고 할 수 있지만, 《성능강화》를 모르는 것도 아닐 텐데…….

"그래도, 올해는 클라우스 전하가 시찰을 오신다는 것 같더라고."

"그야 A반의 그 사람 때문이겠지."

"아, 맞다. 제2왕자 말이구나."

"사이가 나쁘다는 소문이 있잖아? 그래서 온 걸 거야."

"시범 경기라도 벌여서 동생을 자근자근 밟아주려는 거 아냐?"

"푸하하! 그거 끝내주네."

그 후에는 마인의 험담을 하기 시작했다. 본인이 없다고 멋대로 지껄여대고 있었다.

하지만 이 학교의 어디에 가도 「제1왕자〉제2왕자」라는 구도가 완전히 정착되어 있는걸. 꽤 부자연스럽다. 마인 본인에게 원인이 있는 것 같지도 않으니, 제1왕자 측에서 여론을 조작하고 있을 가능성이 크다. 그 클라우스란 남자는 그 정도로 마인을 싫어하는 걸까?

"실례합니다……."

어둡고 억양 없는 목소리가 들렸다. 대기실의 문을 열고 들어온 이는 무표정한 마인이었다. 그 순간, 실내에 정적이 흘렀다. 그럴 만도 했다. 저 자식들은 방금까지 마인의 험담을 해댔으니까 말이다.

"왔구나. 참, 너는 시드지?"

내가 말을 걸자, 마인은 환한 미소를 지으며 나를 향해 뛰어왔다.

"예. 저는 준준결승부터 치러요."

"그렇구나. 그럼 결승까지는 싸울 일이 없겠네."

"후후, 결승에서 만나죠."

마술 대회는 토너먼트 형식으로 치러진다고 한다. 참가자는 총 열다섯 명이다. 마인은 가장 왼쪽, 나는 가장 오른쪽이다. 마인은 두 번 이기면 결승에 오르며, 나는 세 번 이기면 결승에 진출한다.

흐음. 꽤 재미있게 굴러가는걸.

……하지만 딱 하나 모르는 점이 있었다. 그것은—.

"그런데 마인. 마술 대회에서는 뭘 하는 거야?"

대기실 곳곳에서 사람들이 발을 헛디디며 쓰러지는 소리가 들렸다.

"그, 그런 것도 모르면서 참가한 거예요?!"

"응. 왠지 미안하네. 그래도 마술로 상대방을 죽여 버리면 되는 거지?"

"아니에요!"

"그럼 뭐야. 마술 안 쓰고 죽이면 되는 거야?"

"마술 대회인데 마술은 어디 간 거죠?!"

"아하. 그럼 역시 마술로 죽이면……."

"죽일 필요 없거든요?! 살인 자체를 머릿속에서 지워요!"

"저기, 무슨 소리를 하는 건지 모르겠네."

"왜 이해를 못하는 거죠?!"

나와 마인의 만담 같은 대화 덕분에, 얼어붙어 있던 대기실의 분위기도 조금은 풀렸다. 마인 또한 왠지 긴장이 조금은 풀린 것처럼 보였다.

"하아, 세컨드 씨는 정말……."

마인은 어이없어 하면서 설명을 시작했다.

"마술 대회는 『대국관(對局冠)』을 통해 치러요. 그러니 목숨을 잃을 염려는 없는 거예요."

대국관— 주로 PvP(플레이어 버서스 플레이어)에서 쓰이는 것이며, 각종 장비의 사용 제한 및 스킬 제한 등의 룰을 정한 후에 서로에게 아무런 리스크도 없이 PvP를 치를 수 있는 편리한 아이템이다.

왜 아무런 리스크도 없는 거냐면, 그것은 대국관을 이용한 『대국』 중에는 모든 것이 **가상**으로 판정되기 때문이다. 자신의 HP와 MP도 가상화되며, 가하는 대미지가 입은 대미지 또한 가상이다.

원래 PvP에 쓰이는 『결투관(決鬪冠)』을 이용한 『결투』에서는 가상이 아니라 맨몸으로 이뤄지기 때문에, HP가 제로가 되면 당연히 사망한다. 하지만 모든 것이 가상인 대국에서는 HP가 제로가 되더라도 대국이 종료되기만 할 뿐, 아무런 문제없이 원래대로 되돌아오는 것이다. 그래서 플레이어로부터는 「겁쟁이용」이라는 소리를 듣기도 하지만, 일부 괴짜 게이머는 대국관의 룰 설정의 자유도에 반해서 온갖 바리에이션을 모색했다. 그 결과, 일반적인 『결투』와는 전혀 다른 재미있는 『대국』이 발명되어 보급됐지만…….

"공격은 마술로만 해야 해요. 그게 이번 대회의 유일한 룰이죠.

이해했나요?"

나는 마인의 말을 듣고 확신했다.

……이건 망겜이네.

"제7회전! 1학년 A반 세컨드 대, 1학년 F반 딘!"

이름을 불려서 운동장에 나가자, 내 뒤편에 위치한 실비아와 에코가 눈에 들어왔다. 웃으면서 손을 흔들자, 에코는 나를 향해 힘차게 손을 흔들었다. 그 손이 실비아의 코에 닿은 건지, 그녀는 코를 움켜쥐며 고통스러워했다.

"대국관, 착용."

심판이 지시를 내렸다. 순순히 따르자, 나와 딘이란 녀석을 감싸듯 원형의 진이 나타났다. 반경 5미터 가량의 원이다. 이 안이 대국 필드인 것이다. 밖으로 나가면 패배다.

"준비…… 시작!"

그 호령 직후, 딘은 영창을 시작했다.

그의 발밑에 생겨난 【마술】의 진이 띤 색깔과 형태로 볼 때, 《바람 속성·2형》 같았다.

……이 녀석, 멍청이네.

1형은 일반공격. 2형은 범위공격. 3형은 강력한 단일공격. 4형은 강력한 범위공격. 5형은 매우 강력한 범위공격. 그리고 1→2→3→4→5 순서로 영창시간이 길어진다.

영창시간 도중에 공격을 받으면 영창은 파기된다. 그러니 대국

중에는 영창시간이 긴 1형 이상의 마술은 의미를 지니지 못한다. 그것은 상식이다.

…………딘 군. 지금 방심 플레이를 하는 거지?「세컨드는 마술을 제대로 쓰지 못한다」같은 소문이라도 들은 건가?

나는 발끈했다.

얕보였다……. 세계 1위가!! 이딴 꼬맹이에게!!

저 녀석이 영창이 끝나기 2초 전에 전진해서《불 속성·1형》을 날려주면 그대로 승패가 갈린다. 하지만 그래서는 재미없다. 이 신성한 대국을 모욕당한 울분을 풀 수가 없다.

"어이, 각오해."

나는 두 걸음 전진하면서 전방에 천천히《바람 속성·1형》을 날렸다. 그와 거의 동시에 딘이《바람 속성·2형》을 날렸다.

【마술】과【마술】은 **격돌하는** 특성을 지녔다. 그것을 이용한 상쇄 방어 수법이다. 대미지를 약간 입기는 하지만, 1형 사용 후의 경직 시간과 2형 사용 후의 경직 시간은 곱절 가까이 차이가 나기 때문에 훨씬 유리한 것이다.

"아닛?!"

딘은 경악했다.「이야기가 다르잖아!」,「이 자식, 마술을 겁나 잘 쓰네!」같은 생각이라도 하고 있나.

최악인 것은 콤마 몇 초를 다투는 대국 중에 정신을 다른 데 팔며 다음 수를 두지 않은 점이다. 이딴 녀석에게 얕보인 건가. 분노를 넘어 어이가 없었다.

"이대로 유린당해 죽을 건지, 목숨을 구걸을 하며 비참하게 죽을 건지 골라."

나는 그렇게 말하며《불 속성·3형》을 영창했고, 말을 마칠 즈음에는 발동준비를 마쳤다.

랭크는 5단. 영창 시간 단축이 2단계 상승하였으며, INT에서 환산된 순수 화력의 300%로 공격할 수 있다. 《비차궁술》의 9단이 600%라는 점을 생각하면 위력이 그렇게 뛰어난 것은 아닐 수도 있지만, 【궁술】의 소(小) 스킬이 보병~용왕의 아홉 종류인데 비해 【마술】의 소 스킬은 네 가지 속성×1~5형으로 스무 종류가 넘는다. 그래서 INT의 절대량을 올리기 쉬운 만큼 최종적인 화력은 상당한 것이다.

"져, 졌—!"

"윽! 눈에 쓰레기가!!"

딘이 항복을 외치려던 순간, 나는 상대가 말을 끝까지 잇기도 전에 《불 속성·3형》을 날렸다.

밸런스볼 크기의 응축된 태양 같은 불덩어리가 딘을 향해 굉음을 내며 날아갔다. 현시점에서 딘에게는 그것을 막을 방법도, 피할 방법도 없었다.

"우와아아아앗!!"

딘은 비명을 지르며 그 마법을 맞았고, HP가 그대로 바닥나고 말았다. 젠장, 위력이 너무 강했어. 1할 정도 남긴 후에 가지고 놀 생각이었는데…….

"……스, 승자, 세컨드!"

대국이 끝나자, 운동장은 아무 일도 없었다는 듯이 원상 복구됐다. 이 세상에서도 대국의 사양은 동일한 것 같았다.

딘을 힐끔 쳐다보니, 사타구니 부분이 축축해 보였다. 본체의 생리 현상은 가상이 아닌 건가. 아니면 대국이 끝난 후에 지린 걸까?

"봤지? 내가 이겼다고."

나는 대기실로 돌아가는 길에 실비아와 에코 앞을 지나며 그렇게 말했다.

"세컨드, 세네!"

"당연지사의 당근이지."

"너무 심했다! 괜찮은 것이냐?"

"그래. 어차피 세계 1위가 될 거잖아. 게다가 어차피 오늘로 이 학교와도 작별인걸. 우승 상품을 차지하고 후딱 튀자고."

"아, 알았다. 그래도 너무 과한 짓은 하지 마라. 알았지?!"

"알았다고! 네가 무슨 내 엄마냐."

"세컨드, 힘내!"

"응."

실비아가 풀이 죽은 목소리로 중얼거린 「어, 엄마……」라는 말과, 에코의 힘찬 응원을 들으며, 나는 그 자리를 벗어났다.

그 후, 2차전도 간단히 돌파했다.

그리고 진출한 준결승에서— 나는 독특한 적과 대면하게 된다.

◇◇◇

"준결승 제2회전! 1학년 A반 세컨드 대, 4학년 A반 키스!"

이 시합에서 승리한 자가 마인과 결승전에서 싸운다.

내 대국 상대는 키스라는 이름의 제4학년의 거한이었다.

"대국관, 착용. 준비…… 시작!"

"…………윽!"

대국이 시작된 순간, 키스는 그대로 나에게 쇄도했다.

이 녀석, 꽤 하는걸.

중급자간의 【마술】 한정 대국에서는 누가 먼저 선수를 펼치느냐에 따라 거의 승패가 갈린다. 그렇다면 필연적으로 발동이 가장 빠른 1형을 메인으로 싸우는 게 똑똑한 선택이다.

나는 키스와의 거리를 살피면서 《바람 속성·1형》을 영창했다. 그와 동시에 키스는 자신의 사정거리에 내가 아슬아슬하게 들어오는 위치까지 전진한 후에 걸음을 멈추며 《바람 속성·1형》의 영창을 시작했다.

그 상태에서, 싸움인 교착 상태에 들어갔다.

……거보라고. 이렇게 되면 **천일수**[#1]다. 이제는 서로가 【마술】을 발동시키면 되지만, 거의 동시에 발동된 【마술】은 격돌해 상쇄되면서 또 원점으로 되돌아간다. 이것이 이 대국 룰의 결점이자, 내가 망겜이라고 단언한 이유 중 하나다.

---

**#1 천일수(千日手)** 바둑 및 장기 용어. 서로가 같은 수를 되풀이하면서 국면에 진전이 없는 상황을 말한다. 이럴 경우에는 비긴 것으로 간주되며, 처음부터 다시 둔다.

분명 있을 거라고 생각했어. 이렇게 동일 속성의 1형으로 견제하며 「이걸로 두 손 두 발 다 들었지?」 라는 식으로 으스대는 학생이 말이다. 모든 속성의 3형조차 익히지 못한 초급자가 희희낙락하며 쓸 작전이다. 확실히 초급자간의 대결이라면 이런 방법도 먹힐 것이다. 하지만 유감스럽게도 저 녀석의 상대는 전 세계 1위인 것이다.

"……이대로 져준다면, 섭섭지 않은 금품을 주지."

바로 그때, 키스가 나를 향해 그렇게 말했다. 관객석에는 들리지 않도록 작은 목소리로 말이다.

"이유가 뭐야?"

"네놈과 마인 전하를 싸우게 할 수는 없어."

"그러니까 그 이유가 뭐냐고."

"마인 전하께서 우승을 하신 후, 우승자와 클라우스 전하의 친선 대국이 펼쳐질 거다."

영문을 모르겠군. 그건 사람에게 부탁을 하는 태도가 아니다.

"왜 네가 그런 소리를 나한테 하는 건데?"

"너는 그 친선 대국에 합당하지 않다. 그러니 져다오."

"그건 내가 마인과 제1왕자에게 이기기 때문이야?"

"아니다. 클라우스 전하와 마인 전하께서 대국을 치러야 하기 때문이다."

"……즉, 이 대국에 **정치**가 얽힌다……는 소리냐?"

"…………이대로는 결판이 안 날 거다."

이 키스란 자는 결승에서 마인을 승리하도록 하기 위해 참가한 클라우스의 수하 같았다.

친선 대국이라는 형태로 관중들 앞에서 마인을 박살내준다— 대기실에서 들었던 소문은 사실이란 생각이 들었다.

……으음, 마음에 안 드는걸. 마음에 드는 게 하나도 없는 상황이지만, 그 중에서도 이런 교착 상태에서 교섭을 통해 나를 포기하게 만들려는 상대방의 얄팍한 생각이 가장 마음에 안 든다.

일이라는 게 그렇게 간단히 네 뜻대로 풀릴 것 같아? 나는 거부의 뜻을 드러내듯 1형을 그대로 발동시켰다.

"무의미한 짓이다!"

키스는 그렇게 외치면서 동시에 1형을 발동시켜서 대응했고, 내가 또 《불 속성·1형》을 영창하자, 자신 또한 《불 속성·1형》을 영창했다.

대응력 자체는 상당한 수준이다. 확실히 이대로는 결판이 나지 않을 것이다. 이대로는, 말이다.

"좋은 기회니까, 너희에게 진짜배기를 가르쳐주지."

"……응? 너, 그건……."

키스는 눈치챈 것 같았다. 나는 아까 전의 상쇄 때에 인벤토리에서 꺼낸 **롱보우**를 왼손으로 쥐고 있었다.

【마술】 한정의 대국 중에 왜? ……하고 생각한 것 같았다. 하지만 이미 늦었다.

"실비아! 잘 봐둬!"

나는 등 뒤에 있는 실비아를 향해 그렇게 외친 후, 《보병궁술》과

《불 속성·1형》을 《복합》시켜서 키스를 향해 날렸다.

【마궁술】— 이것도 엄연히 【마술】을 이용한 공격이다. 이 대국이 망겜인 두 번째 이유다.

참고로 【마궁술】은 활로 【마술】을 날리는 것이기에, 화살을 쓰지 않는다. 【궁술】과 【마술】의 《복합》, 그 습득 조건은 「【궁술】 스킬로 HP 75% 이상 감소시킨 마물을 【마술】 스킬로 천 마리 해치울 것」이다. 꽤 복잡하지만, 조건만 알면 간단히 달성할 수 있는 조건이다.

"크……?!"

키스는 준비해둔 《불 속성·1형》으로 대처할 수밖에 없었다. 하지만 《보병궁술》 7단의 위력이 더해진 만큼, 평범한 1형으로 상쇄시키는 건 불가능하다.

"크억!"

키스는 정통으로 맞았다.

그 직후, 뒤로 후퇴하며 거리를 벌렸다. 움직임은 괜찮지만 그것은 최악의 판단이다. 【궁술】 상대로 거리를 벌리는 건 어리석음의 극치…… 얕보였나 보군. 아무래도 따끔한 맛을 보여줄 필요가 있을 것 같았다.

"제1왕자의 목적은 이거지?"

"—큭!!"

키스는 내 말을 듣고 경악했다. 정곡을 찔린 것 같았다.

공격방법이 【마술】 한정의 대국…… 명백한 망겜이며, 교착상태가 얼마든지 일어날 수 있다. 그리고 클라우스 왕자는 그것을 타개

할 **어떤 방법**을 지녔다. 그러고 보니 클라우스는【검술】이 특기라고 느와르 씨가 말했었다. 아마 그 방법이란 바로【마검술】일 것이다. 그 비장의 카드가 있는 한, 대국에서 클라우스 왕자가 마인에게 질 일은 없다. 일방적으로 박살을 내줄 수 있는 것이다. 이 대국처럼 말이다.

"비열하군. 그게 얼마나 어리석은 행위인지 네가 직접 느껴봐."

대국을, 1대1 승부를, 선전 혹은 선동에 이용하려는 비열한 왕자의 수하에게…… 철퇴를 내리기로 했다.

나는《계마궁술》로 조준을 하며《은장궁술》로 위력을 올린 후,《흙 속성·3형》으로 충격을 더했다. 세 가지 스킬의《복합》이다.【마궁술】로는 이런 것도 가능하다는 것을 실비아에게 알려주기 위한 서비스이기도 했다.

"젠장……!"

키스는 내 공격을 피하기 위해 옆으로 몸을 날렸다. 마치 도망 다니는 쥐새끼 같았다.

"무의미하다고."

나는 비아냥거리는 듯한 말투로 그렇게 말한 후,【마궁술】을 날렸다.

쿠웅! 하는 중저음이 들렸다. 키스의 복부에 착탄한 순간에 흙 속성 마술의 거대한 암석이 작렬하더니, 운동장 전체에 여파가 전해졌다. 키스는 HP가 제로까지 줄어들면서 장외로 내동댕이쳐졌다.

이것은 내 분노다. 대국을, PvP를 더럽히지 말라는 경고다. 신경이 타들어가고, 목숨을 갉아먹지 않는 한, PvP로 정점에 설 수 없다. 너는 그런 진지한 대결을 어지럽혔다. 남들이 용서하더라도 나는 용서할 수 없다.

"……승자, 세컨드."

심판이 작은 목소리로 그렇게 말하자, 대국이 종료됐다.

1초, 2초, 3초 후— 이 운동장은 환성의 폭풍에 휩싸였다.

앞선 대국과는 비교도 안 될 만큼 볼만한 대결이었기 때문이다. 그 열기는 어마어마했다.

기분이 좋아진 나는 대기실로 돌아갔다.

◇◇◇

"죄, 죄송합니다."

"괜찮다. 예정을 변경할 필요가 생겼지만, 꽤 괜찮은 녀석을 거느리게 됐군."

클라우스는 고개를 숙인 키스를 향해 기분이 썩 나쁘지 않은 듯한 목소리로 그렇게 말했다.

그의 시선은 당당한 걸음으로 대기실로 돌아가는 아름다운 남성의 등을 향하고 있었다.

"아마 저 세컨드라는 자가 우승하겠지. 저 녀석을 내 휘하에 둔다면, 내 못난 동생도 설자리가 없을 거다."

"하지만 저 남자는 만만치 않은 상대라고 생각합니다."

"키스. 저 녀석이 나의, 제1기사단의 권유를 거절할 거라고 생각하나?"

"……아뇨. 그런 일은 없을 겁니다."

"하하, 설마 마술 학교 따위에 마술의 복합을 쓸 수 있는 자가 숨어 있을 줄이야……. 와보기를 잘했군. 저 녀석은 쓸 만한 장기말이 될 거다."

클라우스가 여유 넘치는 표정으로 웃음을 흘리자, 키스는 불안한 표정으로 그를 쳐다보았다. 대국을 치른 키스는 알 수 있었다.

마궁술사 세컨드. 그는 쉽게 뜻대로 할 수 있는 상대가 아니라는 것을―.

◇◇◇

"세컨드 씨는 역시 엄청 강하네요. 왠지 그럴 것 같았어요."

결승전 개시 직전, 마인이 나에게 그런 말을 했다.

"뭐, 숨겨서 미안해. 나를 경멸하게 되었나?"

"그럴 리가 없잖아! 더 좋아하게 되었어요."

마인은 좋은 녀석이네.

"그럼 다음에 왕궁에 데려가줘. 4형을 읽고 싶거든."

내가 솔직하게 요구하자, 마인은 환하게 웃으며 입을 열었다.

"물론이에요. 저기, 하지만, 그 대신…… 으음, 저와, 친구―."

"준비…… 시작!"

마인이 무슨 말을 하려던 순간, 심판이 힘찬 목소리로 그렇게 외쳤다.

결승전이 시작됐다.

"……윽!"

마인은 대화가 중단되자마자 정신을 집중하더니, 바로 《바람 속성·1형》을 영창했다.

나는 거의 동시에 《바람 속성·1형》을 준비했다. 당연하지만 【마궁술】은 쓰지 않았다. 【마술】만 쓰는 상대에게 그런 **반칙**을 쓰는 건 실례다. 게다가 전혀 **재미있지 않다**.

1형과 1형. 서로가 1초도 안 되는 시간에 영창을 마친 후, 그대로 발동시켰다.

키스와의 대전 때와 마찬가지로, 또 상쇄되면서 원점으로 되돌아가는 건가— 라는 내 예상은 다음 순간, 배신당했다.

"이얍!"

마인은 즉시 『영창파기』를 하더니, 내가 날린 《바람 속성·1형》을 향해 그대로 몸을 날렸다.

격렬한 폭풍 덩어리가 마인에게 명중했다. 마인은 HP가 3할 정도 줄어들었지만, 대미지를 개의치 않으며 영창을 계속했다.

이 녀석, 억지로 영창시간을 확보했어!

확실히 영창 중에 공격을 받으면 영창이 중단되지만, 공격을 한창 받고 있는 와중에 영창을 시작한다면 중단되지 않는다. 마인은 그 특성을 알고 있었던 것이다. 역시 「지식 왕자」답다고 해도 과언이 아닌, 머리를 쓴 전술이다.

게다가…… 이 진은《바람 속성·3형》! 이미 습득한 거냐—!

"칫."

혀를 찬 나는 반성을 미루며《바람 속성·3형》을 영창했다.

스킬 랭크는 내가 더 높다. 그래서 영창 시간도 내가 짧다.

……그 결과, 나중에 영창을 시작했는데도 불구하고, 마인의 3형과 내 3형은 동시에 발동되며 상쇄됐다.

"큭……!"

마인은 인상을 찡그렸다.

PvP에서 절대 보여선 안 되는 표정이다.「방금 그게 비장의 카드였다」고 실토하는 거나 다름없는 얼굴이다.

"미안하게 됐는걸."

나는 굳어버린 마인과 거리를 벌리면서 사과했다.

그를 얕본 것에 대한 사죄다. 나는 마인이라는 남자를 무의식적으로 얕보고 있었다.「이 정도 수준이겠지」하고 멋대로 착각하며 아무런 기대도 하지 않았다. 타인에게 얕보지 말라고 설교를 했으면서, 나 또한 상대를 얕본 것이다. 최악이다.

이렇게 되면 전력을 다할 수밖에 없지! 원래는 간단히 쓰러뜨릴 생각이었지만, 그럴 수 없게 됐다. 저 녀석은 진심이다. 진심으로 나에게 맞서고 있는 것이다. 남자가 진심으로 덤빈다면, 진심으로 맞서는 것이 남자의 예의다……!

나는 주먹을 말아 쥐며 적정거리까지 물러선 후, 준비를 마쳤다.

……예의다. 경의다. 우정이다.

뫼비우스 온라인에서의 【마술】의 최고봉이자, 타이틀 「예장(叡將)」을 22기 연속 방어한 남자의 진심을 보여주기로 한 것이다.

"잘 봐둬."

【마술】을 익히는 자라면, 반드시 도움이 될 것이다. 그것은 확신이 아니라, 엄연한 사실이다. 즉, PvP의 극의다.

나는 마인과 대치한 채, 《불 속성·3형》의 영창을 시작했다.

"저지하겠어요!"

마인은 《바람 속성·3형》으로 맞서려 했지만, 그것은 의미가 없었다.

이 거리는 아슬아슬하게 **유효 사정거리 밖**인 것이다. 오랜 세월에 걸쳐 몸에 스며든 감각이기에, 재지 않고도 알 수 있다. 게다가, 애초에 나는 3형을 **공격 수단**으로 쓰기 위해 준비하고 있는 것이 아니다.

"아닛?!"

영창을 마친 내가 그것을 발동시킨 순간, 마인은 경악했다.

내가 날린 《불 속성·3형》이 향한 곳은 마인이 아니라 나한테서 3미터 정도 전방의 지면이었던 것이다.

고오! 하는 큰 소리를 내면서 착탄 지점에서 불기둥이 솟아올랐다.

그 순간, 마인은 경악을 금치 못하면서 눈치챘으리라— **마술진이 보이지 않는다**는 것을 말이다.

"이런 식으로도 쓸 수 있어."

들리지 않을지도 모르지만, 일단 가르쳐줬다. 【마술】은 공격 수단으로만 쓰는 것이 아니다. 이렇게 다음 수를 숨기기 위해 쓸 수도 있는 것이다. 그리고 그 다음 수도 말이다.

나는 불기둥 뒤에 숨어서 옆으로 이동한 후, 《흙 속성·2형》을 영창했다.

2형은 범위공격 스킬이다. 영창시간이 길지만, 그 만큼 발동되었을 때의 효과는 더할 나위 없다.

굉음을 내며 타오르는 3형의 화염이 잦아들었을 즈음, 나는 2형의 영창을 마쳤다.

마인은 나를 발견하자마자 준비해뒀던 《바람 속성·3형》을 발동시키려 했지만, 이미 늦었다. 아니, 발동시키더라도 의미가 없다. 여전히 나는 유효 사정거리 밖에 있기 때문이다.

"우왓!"

마인의 전방 2미터 거리에서, 내가 펼친 2형이 발동했다. 그 순간, 마인의 눈앞에서 흙이 솟구치면서 그의 키만한 벽이 되었다.

1형과 3형이 특정 장소를 노리는 점의 공격이라고 한다면, 2형은 선의 공격이라 할 수 있다. 횡으로 선을 그리듯 날리면, 그것은 면 혹은 벽이 된다.

상대의 자유를 방해할 수 있는 벽을 만들어 냈다. 이것도 어엿한 【마술】 전술 중 하나다.

"마술 전투에 있어 기본 중의 기본이지. 기억해두면 도움이 될 거야. 그리고 다음이 결정타야."

나는 《물 속성·3형》을 영창하며 그렇게 말했다.

항상 최선의 수에 의한 대응을 요구하며, 한줌의 실수도 용납하지 않는다— 이것이 나의 전투방식이다.

이번에 마인은 실수를 세 번 범했다. 하나, 내가 적정거리 밖으로 후퇴하는 것을 용납한 것. 둘, 내 3형에 맞춰 3형을 영창한 것. 셋, 지금 흙의 벽을 기어올라서 넘으려 한 것. 이런 실수를 범하지 않았다면, 이 싸움은 **좀 더 길어졌을 것이다.**

"우회하는 편이 나았을 거야."

영창을 마친 나는 흙벽을 기어 올라온 마인의 발치를 향해 《물 속성·3형》을 날렸다.

"와앗?!"

형의 위력에 의해 흙벽이 붕괴됐다. 마인은 그 여파에 대미지를 입더니, 지면에 낙하하며 엉덩방아를 찧었다.

즉, 다운 상태인 것이다. 다시 몸을 일으키려면 상당한 시간이 필요할 것이다.

나는 그 틈에 상대를 향해 쇄도하면서 《바람 속성·3형》의 영창을 마쳤다.

"아……."

몸을 일으킨 마인은, 눈치챘다— 자신의 패배를 말이다.

그 어떤 【마술】도 준비 못한 마인과, 3형을 언제든 펼칠 수 있는 나. 이것은 체크메이트다.

"……졌습니다."

마인은 그렇게 말하더니, 아쉬운 듯한 미소를 지으며 항복했다.

"승자, 세컨드!"

심판이 판정을 내렸다.

……어이, 이러면 안 되잖아.

"어이, 왜 웃는 거야?"

나는 마음속으로 자조하면서 마인을 향해 그렇게 말했다.

태도를 통해 알려줄 필요가 있다.

대국 전에, 이 녀석은 말하려 했다. 풋내 나고, 멋쩍으며, 웃으며 얼버무리고 싶을 듯한 소리를, 주먹을 말아 쥐고, 볼을 붉히며, 진지하게 말이다.

그 마음에 부응해야만 한다. 지금까지는 「뭐, 됐어」 하고 생각하며 넘어갔던 이 녀석의 유약함을, 지적해줘야만 한다. 그것이 서로에게 마음을 여는 것이라고, 나는 생각하기 때문이다.

"어…… 하지만, 세컨드 씨는 강하니까……."

"아냐. 너의 3형이 5단 이상이었다면 내가 졌을지도 몰라. 그 정도로 아슬아슬했어. 나는 너를 무의식적으로 얕보고 있었어. 그런 내가 강하기는 무슨."

"……하지만, 실제로 이렇게 강하잖아요."

"아냐. 강함이란 거기가 아니라, 여기에 있는 거야."

"거기니, 여기니 같은 말을 해도 하나도 모르겠어요……."

아, 너무 흥분한 나머지 제스처를 깜빡했다. 뭐, 됐다.

"분하지 않은 거냐고 묻는 거야. 자기를 얕보던 상대에게 졌잖아. 그런데도 아무 느낌도 없는 거야?"

"아, 그런 건, 딱히……."

"자기 자신을 속이지 마. 이 상황에서 분하지 않다면, 너는 평생 이대로일 거야."

"…………."

마인은 입을 다물었다.

바로 그때였다. 누군가가 박수를 치며 다가왔다.

"멋진 지적이다, 세컨드 군. 자네 말이 맞아. 내 못난 동생은 기개가 부족하지. 나도 몇 번이나 지적을 했는데 말이야."

역시 나타난 건가. 그 사람은 황금색 장발을 머리 뒤로 모아 묶은 날카로운 눈매의 미남, 클라우스 제1왕자였다.

클라우스는 나를 보더니, 여유로운 미소를 지으며 입을 열었다.

"자네의 실력, 잘 봤다. 실로 대단하더군. 특별히 내 밑에 들어와서 지휘를 배우는 것을 허락하지."

술렁…… 주위에 있는 사람들이 깜짝 놀란 반응을 보였다.

클라우스 제1왕자의 직속이 된다면, 제1기사단 간부 지위가 약속된다는 의미다. 또한 클라우스가 새로운 국왕이 된다면, 어마어마한 출세가 보장되는 것이다.

그게 얼마나 엄청난 일인지는 나도 안다.

이렇게 많은 이들 앞에서는 권유를 했다는 건 제1기사단 단장으로서의 정식 권유이자, 클라우스 제1왕자가 내 실력을 공식적으로 인정했다는 더할 나위 없는 증거이기도 했다.

하지만 반대로 이 권유를 거절한다는 것은, 클라우스 제1왕자를

적으로 돌리겠다고 이 많은 사람들 앞에서 선언하는 것과 같은 의미다.

—거절할 수 있을 리가 없다. 다들 그렇게 생각할 것이다.

클라우스는 그 점을 노린 것이다.

제대로 된 인간이라면, 거절할 수 없는 권유다. 그렇다. 제대로 된 인간이라면 말이다.

"싫습니다."

나는 딱 잘라 그렇게 말했다.

"뭐라고?"

클라우스는 되물었다.

"거절하겠습니다."

나는 차분한 어조로 그렇게 말했다. 마인은 얼이 나간 표정으로 나를 쳐다보았다.

괜찮다. 나는 예상하고 있었다. 내 탓에 클라우스가 너를 자근자근 밟아줄 수 없게 됐으니, 이런 식으로 포섭을 할 것이라고 생각했다. 그것도 그럴 것이 그 썩어빠진 기사단의 우두머리잖아? 같은 수가 두 번이나 통할 만큼 세계 1위는 만만치 않다고.

"…………크."

클라우스의 얼굴이 점점 빨개졌다. 분기탱천이라는 말이 딱 어울릴 듯한 모습이었다.

하지만 화를 낼 수는 없을 것이다. 보는 눈이 많으니 말이다. 권유를 거절당했다고 흐트러진 모습을 보여서야, 차기 국왕이 될 그

릇이 못 된다고 여겨질 테니 말이다.

"……정말 괜찮겠나?"

클라우스는 얼굴이 새빨갛게 붉힌 채, 부들부들 떨면서 말했다.

그 순간, 나는 미리 준비해둔 비장의 카드를 꺼내들었다.

"대국 전에, 마인과 약속을 했으니까요. 다음에 왕궁에 같이 가기로 말이죠."

"—윽!"

마인은 눈을 치켜떴다.

그렇다. 내가 방금 한 말의 의미는 바로「나는 이미 제2왕자의 산하에 있다」는 선언이다.

몇 분 전, 분명 약속을 했다. 그것은 근처에 있던 심판이 증명해 줄 수 있을 것이다.

클라우스는 이마에 힘줄이 돋은 채, 마인과 심판을 쳐다보았다.

마인은 고개를 끄덕였다. 심판 또한 깊이 고개를 숙였다.

"……그렇군."

제2왕자와 나는 이미 계약을 맺었다.

그런데도 나를 권유하려 한다는 것은, 공식적으로 인재를 빼돌리려 한 것이 된다. 아무리 제1왕자라도 그런 행위는 매너 위반이다.

물러설 수밖에 없는 상황이다. 형세가 완전히 역전된 것이다.

"매우 유감이군. 그럼 앞으로도 정진하도록!"

클라우스는 붉으락푸르락하면서 돌아갔다.

휴우…… 한숨 돌렸다. 일단 성가신 상황은 피했다.

"세컨드 씨……!"

마인은 볼을 붉히며 나를 올려다보았다. 이 녀석, 아까 나한테 들은 설교를 까맣게 잊은 거 아냐?

"자아, 설교를 계속해볼까. 그래. 네가 분하다고 느낄 때까지 나와 계속 대국을 하는 건 어때?"

"……예, 예엣?! 봐줘요! 이길 수 있을 리가 없다고요!"

"바보야, 너는 그런 면이 문제야. 그러니까 유약하고 못난 동생이란 소리를 듣는 거라고."

"으으, 너무해요……. 세컨드 씨는 저한테 엄청 엄격하네요. 마치 형님 같아요."

"저딴 녀석과 똑같이 취급하지 마."

"예……?"

"내가 이러는 건 네 친구이기 때문이라고, 멍청아."

나는 마인의 머리에 꿀밤을 날렸다.

꽤 아팠는지 마인의 눈가에 눈물을 맺혔지만, 곧 끝내주는 미소를 지은 채 고개를 끄덕이며 「예!」 하고 말했다.

◇◇◇

"젠장! 마인 자식……!"

클라우스는 학교 안으로 들어가더니, 동생의 이름을 입에 담으며 교장실로 향했다.

못난 동생에게 한 방 먹었다. 그것만으로도 클라우스의 자존심은 완전히 박살나고 말았다.

"폴라 메멘토! 여기 있지?!"

"진정하시죠, 클라우스 전하."

"시끄럽다! 빨리 그 세컨드란 기분 나쁜 자식의 정보를 전부 내놔라!!"

왕립 마술 학교 교장인 폴라는 분노가 폭발한 제1왕자를 보며 한숨을 내쉬더니, 책상 서랍에서 서류 다발을 꺼냈다.

"내놔라!"

클라우스는 폴라에게서 자료를 가로채더니, 이 자리에서 살펴봤다.

"……이게 전부인가?!"

거기에 적힌 것은 세컨드가 교내에서 어떻게 지냈는가, 같은 소소한 정보뿐이었다.

"여러모로 수수께끼가 많은 인물이에요. 그의 조국이라는 지팡구란 섬나라에 대해서도, 아직 밝혀진 게 없습니다."

"빌……어, 먹을!!"

클라우스는 자료를 바닥에 내던진 후, 교장실을 나섰다.

"하아, 불같은 성격이란 이야기는 들었지만……."

폴라는 어이없어 하며 바닥에 떨어진 자료를 모았다.

"……그건 그렇고, 세컨드 군에 대해 자세히 조사해봐야겠네."

고개를 숙인 그녀가 쓴 검은 테 안경이 요사스럽게 빛났다.

# 한담2 팬클럽의 일상

『세컨드 팬클럽』이라는 비밀 결사가 존재한다.

그가 왕립 마술 학교에 단기 유학을 온 첫날에 결성된 거대 조직이다. 회원 중 99%는 여학생이며, 그 숫자는 백 명이 넘는다.

그녀들의 활동내용은 단 하나다. 「세컨드를 멀찍이서 지켜본다」뿐이다.

구체적으로는 「교내에서 본 세컨드의 일거수일투족을 정례회의에서 보고하고, 그것을 소재 삼아 온갖 망상에 빠진다」는 것이 주된 활동이다.

그녀들은 결코 세컨드에게 다가가지 않는다. 하지만, 시선만은 세컨드에게서 결코 떨어지지 않는다.

YES 세컨드, NO 터치— 팬클럽의 철칙이다.

참고로 정례회의는 매일 방과 후에 빈 교실에서 열린다. 참가인원은 날이 갈수록 늘어나고 있다.

대체 무엇이 그녀들을 이렇게까지 하게 한 것인가. 그것은 바로 두 가지 이유 때문이다.

첫 번째 이유는 바로 세컨드의 미모다. 비정상적일 정도로 잘생긴 얼굴과 조각상 같은 몸매는 보는 이들의 시선을 사로잡는다. 우연히 그를 보고 그대로 매료된 여학생도 적지 않다. 하루 만에 팬클럽이 조직된 것도 납득이 되는 수준의 외모다.

그리고 두 번째 이유. 그것은 세컨드의 호탕하고 도량이 큰 성격이다. 언뜻 보기에는 빈틈이 없어 보이는 세컨드도 마음을 연 상대와 대화를 나눌 때면 진짜 성격을 어렴풋이 드러낸다. 예를 들어, 때때로 대담한 언동을 하거나, 의외로 장난꾸러기 같은 면이 있으며, 목적을 위해서라면 인정사정없는 억지스러운 면도 지니고 있다. 그리고 언제 어느 때나 여유가 넘치는 우아함도 지녔으며, 쿨해 보이지만 실은 열혈한이고, 때때로 바보 같은 면을 드러내기도 했다.

그녀들은 그런 세컨드의 감춰진 성격을 볼 때마다, 팬클럽이란 늪에 빠져들고 말았다.

"오늘 세컨드 님은 교정에 드러누우셔서, 무릎 위에 있는 에코 양을 쓰다듬어 주더라니깐."

"꺄아~ 반전 매력~."

"존귀해."

"그림으로 남겨서 학교 안에 장식해두고 싶은 광경이네."

그리고 어떤 날에는 이런 대화를 나눴다.

"오늘 세컨드 님은 실비아 양을 놀리셨어."

"정말? 우와, 나도 놀려주셨으면 좋겠네~."

"동감이야. 신발을 신은 채로 나를 자근자근 밟아주셨으면 좋겠어."

"어, 그건………… 응. 괜찮네."

또 다른 날에는 이런 대화도 나눴다.

"오늘 세컨드 님은 마인 전화와 끝말잇기를 하면서 노셨어."

"발끈한 마인 전하와, 그런 전하를 놀리는 세컨드 님……."
"세컨드×마인…… 탐미적이야."
"뭐? 마인×세컨드의 하극상 존댓말 공세야말로 지고지순하거든?"
"에이, 무슨 소리야. 매도 공세의 완전 고정으로 이미 결론이 났잖아."
"아앙?"
"뭐야. 한판 뜰래?"
때때로 이런 항쟁도 발발했다. 팬클럽의 일상이다.
또한, 팬클럽 내부에는『해석반』이란 정예도 존재한다.
세컨드가 유학기간을 마치고 학교를 떠난 후로 어느 정도 시간이 즈음의 일이다. 세컨드 열병에서 여전히 헤어 나오지 못하던 그녀들의 앞에, 해석반은 어마어마한 정보를 가지고 나타났다.
"에코 리플렛 양 진흙 범벅 사건. 대략적인 개요가 파악되었으니 발표할까 합니다."
정례회의 때, 해석반은 독자적으로 조사한 리포트를 발표하기도 했다.
그것은 전부 세컨드에 관련된 일이기에, 팬클럽 회원들은 흥미를 가지지 않을 수가 없었다.
"에코 양은 낙제생 수인이라 불리며 1학년 F반 학생을 비롯해 다수의 학생들에게 괴롭힘을 당하고 있었습니다. 그리고 조사 결과, 그녀가 진흙 범벅이 된 채 길에 쓰러져 있었던 것은 F반 클래스메이트의 짓이라는 사실이 판명됐습니다."

그 사실이 발표되자, 교실 안이 술렁거렸다. 그리고「역시나」,「용서 못해」등의 다양한 의견이 들렸다.

"발단은 에코 양에게 잡일을 떠넘기던 남학생입니다. 그는 평소부터 에코 양에게 잡일을 떠넘기고 훼방을 놓는 것을 즐겼습니다만, 이번에는 계획적인 일을 꾸몄습니다."

계획적인 일이란 무엇인가. 해석반은 칠판에 그림을 그리며 설명했다.

"에코 양은 잡일을 수행하는 것에 보람을 느끼고 있었습니다. 마술은 능숙하지 못하지만 잡일로는 도움이 될 수 있다고 여겼기 때문입니다. 그래서 열심히 잡일을 했습니다. 예의 남학생은 그게 마음에 들지 않았던 것이겠죠."

칠판에는 에코가 짐수레에 어떤 봉투를 옮기는 그림이 그려졌다. 그 봉투에 든 것은 바로 대량의『흙』이었다. 그리고 그 흙에 화살표가 그어지더니…… 그 끝에는 심술궂게 생긴 남학생의 그림이 그려졌다.

"봉투 안에 든 것이 흙이라는 사실을 몰랐던 에코 양은 그것은 교문 근처까지 옮겼어요. 동급생이 자신을 믿고 맡긴 잡일이라 생각했기 때문에, 남에게 도움이 되기 위해 열심히 했죠. 그곳에 남학생의 동료가 오더니, 흙을 향해 물 속성 마술 1형을 쐈습니다. 흙과 물이 뒤섞여서 만들어진 진흙이 사방으로 튀었죠. 에코 양은 그것을 뒤집어쓴 겁니다."

회원들은 소란스러워졌다. 생각했던 것보다 훨씬 악독한 괴롭힘이었다.

“세컨드 님과 함께 있는 모습을 보고 아셨을 거라 생각합니다만, 에코 양은 매우 똑똑한 분이에요. 아마 그 봉투 안에 든 것이 흙이며, 자신을 진흙 범벅으로 만들기 위해 옮기게 했다는 것을 눈치챘겠죠. 그리고 지금까지 누구도 자신에게 제대로 된 일을 부탁하지 않았으며, 그 누구의 도움이 되지 못했다는 사실, 그리고 도움이 된다면 인정받을 수 있을 거라는 생각이 착각에 불과했다는 사실을 깨닫고 절망에 사로잡히며 주저앉은 거예요.”

해석반의 고찰은 교실 안의 분위기를 무겁게 만들었다. 다들 에코가 안 되었다고 생각했다. 하지만…….

“……현장에서 200미터 가량 떨어진 곳의 청소가 된 곳에서 미세한 혈흔이 남아 있었습니다.”

분위기가 달라졌다.

“에코 양이 어째서 세컨드 님을 그렇게 따르는 건가. 그 자리에 세컨드 님이 바람처럼 나타났던 것은 다들 알고 계시겠죠. 그 후에 무슨 일이 벌어진 건가. 저희 해석반은 그 점에 대해 조사했습니다.”

드디어 본론이다. 그러자 분위기가 바뀌면서 교실 안에 기묘한 열기로 가득 찼다.

“진흙으로 범벅이 된 에코 양을 발견한 세컨드 님은 분노에 떨며 『이딴 짓을 한 게 어떤 놈인지 단장 발해, 망할 고양이야』 하고 아마 말하셨을 겁니다. 거부하는 에코 양에게 『호오, 감히 이 몸의 뜻을 거역하겠다는 거냐?』 하며 벽쿵을 시전하신 거죠. 에코 양은 볼을 붉히며, F반 남학생이 사라진 방향을 가리킵니다. 『착하군.

따라와라』 그렇게 말하며 진흙으로 범벅이 된 에코 양을 옆구리에 낀 세컨드 님이 그 검푸른색 머리카락을 휘날리며 교내를 내달리시더니, 남학생을 따라잡습니다. 그곳이 바로 혈흔이 남아있던 막다른 골목이죠."

해석반의 여학생이 세컨드의 말투를 흉내 내며 말을 할 때마다, 청중은 꺄아~ 꺄아~ 하고 새된 비명을 질렀다.

"『내 눈앞에서 감히 급우를 괴롭혀? 배짱 한 번 좋군. 선수를 양보하지』 세컨드 님이 그렇게 말하며 남학생에게 다가갑니다. 남학생은 뒷걸음질 치지만 도망칠 곳이 없습니다. 『하앗!』 세컨드 님이 두들겨 패자, 남학생은 쓰러집니다. 그리고 피를 흘리며 이렇게 말하죠. 『서, 선수를 양보한다고……!』 바로 그때, 이렇게 말하는 거죠. 『거짓말이다, 멍청아—!』"

Yeaaaaah!! Foooooooooooo!!

교실 안은 환성과 박수로 가득 찼다.

"이리하여 세컨드 님은 에코 양을 구했고, 교내에 평화가 되돌아옵니다. 유학생이 얼마나 대단한지 다시 실감했죠."

이상으로 발표를 마칩니다. 그렇게 말하며 해석반이 단상에서 내려오자, 팬클럽 여학생들은 자리에서 일어나며 아낌없는 박수를 보냈다.

"……드, 들어가지 말까……."

몰래 내부를 훔쳐보던 마인 왕자가 그 광경을 보고, 팬클럽 가입을 관뒀다는 사실은 아직 누구에게도 알려지지 않았다.

# 에필로그 새로운 삶, 새로운 동료

우승 상품인 『추격의 반지』를 수여하는 표창식이 끝난 후, 우리는 도망치듯 왕립 마술 학교를 떠났다.

마인과의 약속은 나중에 상황이 진정된 후에 내가 찾아가겠다고 말해뒀다.

불가사의하게도 폴라 교장과 사서장인 실크에게 질문 공세를 받지도, 느와르 씨나 기사단으로부터 연락을 받지도 않았다. 내가 제2왕자 직속의 마술사가 되었기 때문인지, 웬만한 일로는 괜히 참견하지 않을 것이다.

이렇게, 내 마술 습득 계획은 일단락됐다. 4형과 5형은 나중에 익히면 된다.

"자아, 제군들. 그럼 이제 당면한 목표를 발표하겠다."

내 말을 들은 실비아와 에코가 자세를 바로 했다. 두 사람의 표정에는 「새로운 생활」에 대한 기대와 불안이 드리워져 있었다.

"일단 던전에서 경험치 벌이에 전념하자. 특히 에코가 중급자 수준으로 성장할 때까지는 죽어라 던전만 돌 거야."

나는 지금까지 【궁술】, 【검술】, 【마술】을 익혔다. 그러니 다음은 【소환술】……을 익히고 싶지만, 현재는 스킬의 평균 수준을 높이는 것이 우선이란 생각이 들었다. 그래서 오늘부터 우리는 한동안 던전만 열심히 돌 것이다. 우리 셋의 연계도 연습해야 하고, 실비아와 에코를 강하게 만드는 것도 중요하다. 겸사겸사 공략 보수 같은 것을 노리는 것도 좋으리라. 일석사조의 욕심쟁이 세트다.

"으음. 또 로이스 던전을 도는 것이냐?"

"던전!"

"로이스가 아냐. 이번에는 을등급 던전 『린프트파트』를 돌 거야."

"흠. 뭐, 을등급이라면……."

"을!"

에코는 그냥 따라 말하고 있을 뿐인 것 같은데…… 이해하고 있는 걸까. 좀 불안하지만, 일단 이야기를 계속하기로 했다.

"린프트파트 던전은 출현하는 마물이 적고, 방어력이 높기는 하지만 공격력이 낮아. 연계 연습에 딱 적당하지. 게다가 보스인 암석 거북이한테서는 『암갑지순(岩甲之盾)』이 드랍돼. 에코의 장비로 딱 적당한 방패야."

"그렇구나……. 응? 잠깐만, 방패? 에코한테?"

"에코는 전선에서 마물의 공격을 방어하는 역할에 적합하니까, 오늘부터 방패술을 올리도록 해."

"응, 알았어!"

"잠깐만. 자자자, 잠깐만! 세컨드 님!"

"방패로 막더라도 대미지를 입을 때가 있거든. 그러니 회복마술도 습득하는 거야."

"오케이~!"

"어이! 이, 이런 어린 소녀를 전선에 세울 작정이냐?!"

"걱정하지 마. 머지않아 개의치 않게 될 거야."

"그런 문제가 아니다!"

나는 시끄럽게 구는 실비아와 순종적인 에코를 데리고 무기 및 방어구점으로 향했다.

안에 들어가자마자, 나는 에코의 키만 한 커다란 방패를 주저 없이 구입했다. 방어구는 에코의 몸에 맞는 갑옷이 없었기 때문에 고급 가죽 장비를 샀다. 전신 세트로 4백만 CL이니 내 장비보다 비쌌다. 가게 주인도 기뻐서 어쩔 줄 모르는 표정이었다.

그 후, 코믹 마켓에 들러서 에코에게 《보병방패술》과 《향차방패술》을 익히게 했다. 에코가 사전을 뒤지며 스킬 서적을 한 권당 30분 정도 걸려서 읽자, 스킬을 습득했다. 역시 이 녀석은 엄청 우수한 것 같았다.

그 후에 코믹 마켓을 나서서 『카멜 교회』로 향할 즈음에는 실비아도 입을 다물었다. 에코의 포지션에 납득한 건지 물어보니, 도서관과 교회라 어쩔 수 없이 조용히 하는 것 같았다. 교회를 나서면 또 시끄럽겠는걸…….

"좋아, 에코. 회복마술의 마도서를 보여 달라고 하자."

"보여줄까……?"

"물론이지. 수녀에게 보여 달라고 하면 보여줄 거야.

당당히 교회에 들어가서 수녀에게 목적을 말했다. 그러자 수녀는 쾌히 승낙을 하면서 【회복마술】《회복·소》의 마도서를 가지고 왔다.

에코는 마도서를 넘겨받더니, 사전을 뒤지며 묵묵히 읽었다. 왠지 필사적인 것 같아서 나는 조금 불안해졌지만…….

"익혔어! 세컨드, 고마워! 나, 익혔어!"

에코는 마도서를 읽기 시작하고 20분도 채 지나지 않아서 그렇게 말하더니, 환한 미소를 지으며 내 품에 안겼다.

교회인데도 큰 목소리로 말이다. 에코는 남들 눈을 신경 쓰지 않으며 솔직하게 감정을 표현했다. 실비아는 「잘 됐구나!」 하고 말하며 자기 일처럼 기뻐했다. 나는 에코의 머리를 쓰다듬어준 후, 수녀를 향해 난처한 듯이 웃어보였다. 수녀도 훈훈한 광경을 본 것처럼 미소를 머금으며 고개를 끄덕였다.

"좋아, 그럼 가보자."

목적을 달성했다. 이제 교회에는 볼일이 없다.

"자, 잠깐만 기다려라! 어, 이대로 가는 것이냐?! 기도 정도는 하고 가자!"

……또 이러냐. 실비아, 너는 내 엄마라도 되는 거냐?

"하아…."

"하아~."

내가 한숨을 내쉬며 카멜 신의 조각상 앞으로 가자, 에코도 내 흉내를 내며 따라왔다. 말썽꾸러기를 쳐다보는 듯한 눈길로 나와 에코를 보던 실비아는 「어째서……」 하고 중얼거리며 고개를 갸웃거리더니, 우리와 함께 기도를 했다.

왕도에서 말로 편도 네 시간 거리인 농업의 마을 『페호』에서 30

분 정도 더 간 곳에 『린프트파트 던전』이 있다.

비룡으로 이동하지 않으면 이렇게나 시간이 걸린다는 사실을 알고 나는 질려 버렸지만, 그러고 보니 이 세상에 온 후로는 비룡으로 이동하는 사람을 보지 못했다. 아무래도 비룡을 길들이더라도 그렇게 간단히 이동에 써먹을 수는 없을 것 같았다.

참고로 에코에게도 말을 사줬다. 이름은 리핑팩트다. 으음, 빠를 것 같네.

내가 문뜩 신경이 쓰여서 실비아가 탄 말의 이름이 뭔지 물어보니, 그녀는 자신만만한 어조로 「백은호!」 하고 말했다. 백은? 털이 갈색인데…… 실비아의 센스를 영 이해할 수가 없었다.

이러쿵저러쿵하는 사이에 헤포의 마을에 도착한 우리는 여관을 거점 삼아서 다음 날부터 린프트파트 던전을 돌기 시작했다.

처음 두세 번은 에코의 【방패술】 스킬의 습득을 우선하며 느긋하게 나아갔다.

【방패술】 스킬 중에서 초반에 익혀둬야 할 것은 다섯 가지다. 기초인 《보병방패술》과 《향차방패술》, 그리고 《계마방패술》과 《금장방패술》, 《각행방패술》이다. 그 외에는 방패를 이용한 공격 스킬이기 때문에, 방어에 전념하기 위해서라면 이 다섯 가지 스킬만으로 충분하다.

에코는 《각행방패술》 이외에는 손쉽게 습득했다. 효과는 《보병방패술》이 일반방어, 《향차방패술》이 관통반사, 《계마방패술》이 방어+넉백, 《금장방패술》이 범위유도방어+넉백이다.

그 중에서도 《금장방패술》은【방패술】의 진수라고 할 수 있을 만큼 쓰임새가 좋은 스킬이다. 범위유도방어라는 것은 스킬 발동 시에 일정범위 안에 침입한 공격을 자동적으로 자신의 방패로 유도해 방어하는 것을 말한다. 뫼비온에서는「흡입」,「개미지옥」, 그리고 유명한 청소기 메이커의 이름을 따와서「다이○」이라고 불렀다. 게다가 넉백까지 하기 때문에, 정말 강력한 스킬이다.

그리고 그 후로 며칠이 흘렀다. 던전을 열 번 정도 돌았을 즈음, 에코가『근육승려』로서 두각을 드러내기 시작했다.

"앗, 에코! 괜찮으냐?!"

퍼엉 하는 큰 소리가 들렸다. 린프트파트 던전 안에서 가장 공격력이 뛰어난 마물인『갑옷 리저드』의 일격이 방패를 든 에코에게 크리티컬 히트를 한 것이다.

"호……?"

화려한 이펙트에 놀란 실비아가 허둥지둥 다가갔지만, 에코는「어, 무슨 일 있었어?」하고 말하는 표정으로 그녀를 돌아보았다.

"…………어라?"

실비아는 당황했다. 설마 갑옷 리저드의 공격을 크리티컬로 받았는데, 멀쩡한 건가? 그럴 리가 없다— 그렇게 생각하는 것 같지만, 그 설마가 벌어진 것이다.

"방패술 덕분에 HP와 VIT가 꽤 오른 것 같네."

"그, 그렇구나……."

에코의 HP는 1할도 줄어들지 않았다.

"영차."

에코는 스스로 《회복·소》를 펼쳐서 HP를 회복시켰다. 탱커로서 믿음직스럽게 성장하고 있는 것 같았다.

"슬슬 각행방패술을 터득하도록 할까."

적당한 때라고 판단한 나는 던전 최심부에 있는 보스를 향해 이동했다.

린프트파트 던전의 보스는 암석 거북이라는 거대한 거북이형 마물이다. 방어력이 뛰어나기만 할 뿐, 그렇게 강하지는 않았다.

"잘 들어, 에코. 내 말에 맞춰 스킬을 발동시켜서 방어를 해. 미스를 안 해도 15분은 걸려. 미스하면 처음부터 다시 해야 해. 할 수 있겠어?"

나는 암석 거북이와 대치한 상태에서 지시를 내렸다.

"……응. 할 수 있어."

에코는 평소와 달리 입을 꾹 다물더니, 진지한 표정으로 고개를 끄덕였다.

"가자."

내 말에 따라, 우리는 암석 거북이와 대치했다.

지금까지 우리는 암석 거북이를 열 마리 가량 해치웠다. 지금까지는 에코가 앞에 나서서 공격을 방어하고, 나와 실비아가 뒤편에서 【궁술】로 공격을 해서 암살했다. 하지만 이번에는 달랐다.

《각행방패술》의 습득 조건은 「【방패술】로 자신보다 강한 보스의 공격을 100번 연속으로 완전히 막아낼 것」이다.

문제는 **완전히**라는 부분이다. 즉, 1포인트도 대미지를 입어선 안 된다는 의미다. 그렇기에 방어 방법이 한정되는 것이다.

원거리 관통공격을 《향차방패술》로 튕겨 내거나, 《계마방패술》 혹은 《금장방패술》로 『패링』하며 넉백시켜야만 하는 것이다. 패링이란 적의 공격에 맞춰 타이밍 좋게 방어를 했을 경우에 발동하는 현상이며, 노 대미지+약 넉백이란 추가효과가 발생한다. 참고로 《보병방패술》로 패링을 했을 경우, 약 넉백만 발생하기 때문에 추격까지의 유예가 짧아서 바로 방어를 해야 하기에 대미지를 받을 확률이 대폭 늘어난다.

자아. 이래서는 거의 리듬 게임이나 다름없다.

익숙해질 때까지는 어렵다. 하지만 타이밍만 익힌다면 매번 패링으로 방어를 할 수 있게 되기에, 전투를 매우 유리하게 이끌어나갈 수 있다.

이번에는 《각행방패술》의 습득 조건을 채우면서, 에코에게 패링의 타이밍을 연습시키는 것이 목적 중 하나다.

"계! 금! 계! ……향!"

나는 암성거북이의 공격에 맞춰 지시를 내렸다. 내가 생각해도 완벽한 타이밍이었다. 그리고 내 지시에 정확하게 따르는 에코도 대단했다.

암석 거북이는 비교적 단조로우면서도 느릿느릿하게 공격을 하지만, 그래도 처음 보는 공격에 패링의 타이밍을 맞추는 건 어렵다.

아무래도 꽤 난항을 겪을 것 같았다.

"으윽!"

에코가 패링에 실패해서 공격을 당했다.

"방금은 약간 늦었어. 다시 할 수 있겠어?"

"할 수 있어!"

에코는 힘차게 고개를 끄덕였다. 자기 자신에게 《회복·소》를 몇 번 건 후, 다시 암석 거북이와 대치했다.

그로부터 약 2시간 동안, 우리는 암석 거북이와 계속 대치했고, 에코는 드디어 《각행방패술》을 습득했다.

◇◇◇

"자아, 실비아. 너도 슬슬 마궁술을 익히고 싶지 않아?"

에코가 《각행방패술》을 익힌 다음 날, 나는 아침 일찍 실비아와 에코의 방에 가서 그렇게 물었다.

"당연하지. 익힐 수 있다면 지금 바로 익히고 싶다."

"익힐 수 있어. 좋아. 그럼 오늘부터 마궁술 습득을 해보자."

실비아는 환하게 웃으며 「알았다!」 하고 대답하며 서둘러 준비를 시작했다.

"나는? 나는?"

에코는 요즘 들어 매일 즐거워 보였다. 오늘은 뭐해? 내일은 뭐해? 하고 물었으며, 대답을 해주면 「꺄아~」 하고 환성을 지르며 껑충껑충 뛸 정도로 기뻐했다. 이 녀석은 고양이 수인이지만, 하는 짓만 보면 영락없는 강아지였다.

"오늘 에코는 던전에서 각행방어술에 익숙해지면서, 암갑지순이 드랍될 때까지 암석 거북이를 해치우는 거야."

"꺄아~!"

즉, 별다른 지시는 없지만…… 아니나 다를까 에코는 기뻐했다. 무슨 말을 들어도 기뻐하는 게 아닐까 싶을 정도였다.

"좋아, 가자~."

우리는 노점에서 아침거리를 산 후, 어느새 익숙해진 린프트파트 던전으로 향했다.

"그럼 우선 궁술과 마술을 복합시키는 조건부터 충족시켜."

"음. 알았다."

【마궁술】의 《복합》 스킬의 습득 조건은 「【궁술】로 HP 75% 이상 감소시킨 마물을 【마술】로 천 마리 해치울 것」이다. 슬라임의 숲에서 경험치 벌이를 할 때 실비아도 어느 정도 그 조건을 충족시켰으니, 한두 번 정도 이 던전을 돌면 습득할 수 있을 것이다.

"에코는 각행방패술을 시험해봐. 아마 깜짝 놀랄 걸?"

"응!"

에코에게 지시를 내린 후, 우선 첫 마물과 접촉했다.

"에잇!"

에코가 갑옷 리저드를 향해 《각행방패술》을 발동시키자…… 카앙, 하는 단단한 소리가 나면서 갑옷 리저드의 공격이 튕겨났다. 에코는 멀쩡했다. 놀랍게도 그녀가 받은 대미지는 4포인트밖에 되지 않았다. 내 감각이 정확하다면 「모기에게 물린 곳을 너무 긁어서 얼얼한」 정도의 대미지일 것이다.

"어엇?!"

실비아가 놀랐다. 에코도 「오오~!」 하고 탄성을 질렀다.

《각행방패술》의 효과는 『강화방어』다. 자신의 VIT를 일시적으로 배율강화하면서 방어를 한다. 9단이면 VIT의 600%로 방어를 할 수 있다. 고 VIT 캐릭터라면, 보스 급의 공격도 「모기한테 물린 것 같군」 하고 말할 정도로 간단히 튕겨낼 수 있는 강력한 스킬이다.

"엄청 강한 스킬이지만, SP를 꽤 소모하니까 여차할 때만 써. 랭크는 일단 5급까지 올리는 거야. 이건 명심해. 그 후에는 1급 혹은 6단까지 올리면 적당할 거야."

5급까지 올리면 쿨타임이 감소할 뿐만 아니라 발동시간이 단축된다. 1급에서는 쿨타임이 더욱 감소한다. 6단이면 VIT 500%의 방어가 가능해지니, 퍼포먼스로서는 충분한 수준이다.

참고로 이 스킬은 MGR도 같은 배율로 강화해준다. 상급자가 되면 마술을 막아야 할 때가 많으니, 매우 도움이 되는 스킬이라 할 수 있다.

……그런 생각을 하고 있을 때, 에코가 갑자기 울음을 터뜨렸다.

어.

"왜, 왜 그래?!"

내가 허둥지둥 그렇게 묻자, 에코는 「대단해~」, 「도움이 되고 있어~」 하고 울면서 말했다. 《각행방패술》의 엄청난 유용성이 에코의 심금을 울린 걸까. 잘은 모르겠지만, 일단 위로를 해주며 진정할 때까지 달랜 후에 길을 따라 나아갔다.

"익혔다!"

던전 종반 즈음에서, 실비아가 희희낙락한 목소리로 보고를 했다.

"좋아. 그럼 시험해볼까."

"음!"

실비아는 화살이 걸리지 않은 염랑지궁의 시위를 당기더니, 《보병궁술》에 《불 속성·1형》을 복합시켰다.

"간다!"

그리고 그렇게 외치며 시위를 놨다.

그러자, 화르륵 하는 소리를 내며 발사된 1형이 마물의 복부에 명중했다. 화염은 순식간에 퍼져나가더니, 마물의 온몸을 불태웠다.

실비아의 《보병궁술》은 5단, 《불 속성·1형》은 3단이다. 크리티컬 히트가 발생하지 않더라도, 마물에게 가하는 대미지는 581에 이른다. 뭐, 풋내기 마궁술사의 수준은 이 정도일 것이다.

"다음에는 3형으로 해보자."

"음!"

실비아는 힘차게 고개를 끄덕인 후, 다시 스킬을 준비했다.

활의 중심에서 소용돌이가 발생하면서 불덩이가 응축되더니, 마치 조그마한 태양처럼 변한 채 검붉게 꿈틀거렸다.

"…………."

왠지 위험해 보이는 데, 괜찮을까? 하고 말하는 표정으로 실비아가 나를 쳐다보았다. 나는 「일단 해 봐」 하고 짤막하게 말했다.

실비아는 활을 쐈다. 그 직후—.

"우왓?!"

쿠앙! 대포를 연상케 하는 굉음과 충격을 자아내서 발사된 《불 속성·3형》이 마물에게 명중했다. 그 순간, 탁구공 만하던 조그마한 불덩이가 마물의 몸 두 배 가량의 크기로 부풀어 오르며 폭발했다.

《불 속성·3형》의 랭크는 9급이고, 크리티컬은 발생하지 않았으며, 대미지는 1,612였다. 실용범위에 겨우겨우 턱걸이한 수준인가. 《보병궁술》을 은장이나 비차로 변경하고, 3형의 랭크를 올리면 후위의 주력 스킬이 될 것이다. 실비아의 노력을 기대해야겠다.

참고로 방금 마물을 상대로 내가 《비차궁술》 9단의 일격을 날렸을 때에 크리티컬이 터지지 않는다면 대략 6,200의 대미지를 줄 수 있다. 《비차검술》 6단으로는 5,000 전후일 것이다. 린프트파트 던전에서는 이 정도 화력이면 충분하다.

"실비아, 대단해!"

"……아, 그래. 대단한걸."

당사자는 처음으로 써 본 【마궁술】에 놀란 건지 반쯤 얼이 나가 있었다.

이렇게, 실비아는 마궁술사로서의 첫 걸음을 내디뎠다.

"…………하고 싶어."

그날 밤. 참다못한 나는 실비아를 향해 얼굴을 쑥 내밀며 털어놓았다.

"으…… 으응?! 뭘 말이냐?!"

실비아는 얼굴을 새빨갛게 붉히며 되물었다.

"하고 싶어, 실비아……. 나…… 나……."

"어?! 자, 잠깐, 아직 이르지 않느냐?! 저기, 그러니까, 좀 더 가까워진 후에, 으응?!"

"나— 강화하고 싶어 견딜 수가 없어!!"

"강……? …………으~!!"

아얏! 두들겨 맞았다.

"모처럼 이 추격의 반지를 손에 넣었으니, 강화를 해야 할 거 아냐."

"아~, 예. 그런가요. 그러시군요."

엄청 건성이었다. ……아무래도 장난이 심했던 것 같다.

"아까는 미안했어. 하지만 이건 너의 염랑지궁과도 관련이 있다고."

"…………흐음."

어, 관심을 보였네.

"에코, 네가 곧 얻게 될 암갑지순과도 말이야."

"zzz."

잠든 거냐…….

"뭐, 됐어. 잘 들어. 장비의 강화라는 건 빌어먹게 중요해. 너, 지금 비차궁술로 대미지가 얼마 정도 나와?"

"으음, 대략 3,000 정도다."

"염랑지궁을 최종단계까지 강화하면, 12,000 정도까지 늘어나."

"거짓말이지이잇?!"

실비아는 너무 놀란 나머지 괴상한 소리를 냈다. 장비의 강화가 얼마나 중요한지 이해한 것 같았다.

"3,000+강화로 12,000이야. 네 배라고, 네 배."

"그, 그래. 강화로 그렇게 강해지는 건가. 확실히 중요하구나."

실비아는 고개를 끄덕였다.

"으음…… 하지만 강화를 하려면……."

아, 눈치챘구나.

"그래. 대장장이가 필요해."

"어떻게 할 거지?"

"네 가지 방법이 있어."

나는 생각해뒀던 방법을 하나씩 이야기했다.

"하나. 우리 셋이서 팀을 만들어서 모험가 길드에 등록한 후, 모집을 하는 거야."

개인이 모집을 하는 것보다는 팀 멤버 모집 쪽이 인원 확보가 편하다. 하지만 뛰어난 대장장이를 만나게 되는 데 얼마나 걸릴지 알 수 없으며, 신뢰할 수 있는 대장장이가 찾아올 거라는 보장도 없다.

"……그건 어려울 것 같구나."

게다가 나는 과거에 제3기사단의 높은 양반에게 모험가 길드에 들어가는 것을 권유받았지만, 거절한 적이 있다. 그래서 이제 와서 들어가는 것도 좀 그랬다. 딱히 좋은 생각 같지는 않았다.

"둘. 대장장이에 적성이 있을 만한 녀석을 일일이 찾아서 영입하는 거야."

"……눈앞이 깜깜해지는걸."

운 좋게 발견하면 「기초부터 대장장이로 육성할 수 있다」는 이점이 있지만, 그런 인물을 만날 가능성은 만 분의 일도 안 될 것이다. 게다가 만나는 사람마다 「스테이터스 좀 보여줘」 하고 물어보고 다니다간 제3기사단 신세를 지게 될 게 틀림없다. 요즘은 「날씨 참 좋네요」 하고 말을 걸기만 해도 신고 당하는 세상이다. 아무리 지금 내 외모가 뛰어나더라도 방심할 수는 없다.

"셋. 현역 대장장이를 영입하는 거야."

"음. 그게 가장 현실적인가. 하지만……."

"그래. 가능성은 낮아."

대장장이는 매우 중요한 직업이다. 현재 일하고 있는 직장을 버리고 이름도 알려지지 않은 팀에 들어오라는 제안에 응하는 사람은 없을 것이다. 직장이 없는 대장장이라면 영입할 수 있겠지만, 그런 대장장이에게는 결함이 있을 게 틀림없다. 우리가 찾는 인재와는 거리가 먼 것이다.

"자아, 넷. 내 생각에는 이게 가장 적당할 것 같아."

"으음. 좋은 생각이 있느냐?"

나는 「다른 방법이 없어」, 「어쩔 수 없는 거야」, 「그러니 화내지 마」라는 분위기를 자아낸 후에 입을 열었다.

"노예를 사자."

◇◇◇

노예 구입— 나는 그 제안을 하는 것과 동시에 충격에 대비해 눈을 감았다.

실비아의 「바보야!」가 작렬할 것이라고 생각한 것이다. 하지만 실비아의 반응은 내 예상과 정반대였다.

"흠. 그래, 노예를 사는 건가. 그러면 확실히 찾기 쉽겠지."

"……어라? 화 안 내는 거야?"

"음? 왜 그런 소리를 하는 거지? 대장장이 적성을 지닌 노예를 찾고 있는 거지? 좋은 생각 아니냐. 노예시장에서는 스테이터스를 둘러본 후에 노예를 고를 수도 있을 테니 말이다."

오오, 허락을 받았다. 여기사의 표본 같은 실비아라면 얼굴을 새빨갛게 붉히며 「용납 못한다! 노예를 능욕할 생각인 거지?! 포르노그래피처럼 말이다!」 같은 소리를 하며 달려들 거라고 생각했는데, 그러지 않았다.

"좋아. 그럼 내일은 왕도에 돌아가서 노예상인을 찾아가보자."

"알았다. 아, 세컨드 님. 예의 그 옷을 입는 편이 여러모로 좋을 거다."

그 레어 복장 말이구나. 확실히 부자처럼 보일 테니 서비스를 받을 수 있을지도 모른다.

"그렇구나. 알았어. 준비할게."

다음 날 아침. 우리는 페호의 마을에서 왕도 윈스턴으로 잠시 돌아갔다. 행선지는 왕도에서 가장 큰 노예상회『모리스』다.

"어서 오십시오. 저는 이 상회의 회장인 필립이라 합니다."

안쪽에 있는 응접실로 안내된 우리는 그곳에서 약간 통통한 아저씨와 만났다. 이 상회에서 가장 높은 사람이라고 한다. 역시 이 옷의 위력은 엄청났다. 그냥 입고 왔을 뿐인데, 상상을 초월하는 효과가 발휘됐다.

"대장장이 노예를 찾고 있다. 스테이터스를 보며 골라볼 수 있나?"

"물론 가능합니다. 그럼 지금 바로 준비하죠."

필립이 지시를 내리자, 그의 비서로 보이는 여성이 조용히 이 방에서 퇴실했다.

그리고 십 분 정도 흐른 후, 그녀는 목줄을 찬 열다섯 명 정도의 노예를 데리고 돌아왔다.

"…………아하."

그 순간, 나는 실비아가 화내지 않은 이유를 완전히 이해했다.

눈앞에 줄지어 선 노예들은 하나같이 수염이 났고 우락부락한 아저씨였다.

……그래. 맞아. 내가 착각을 했네. 하긴, 대장장이인걸……. 그래도 노예라는 말에 좀 기대를 해버렸네. 남자일 게 뻔한데 말이야.

하아…….

“마음에 드는 노예가 있습니까?”

“음? 아, 잠시 기다려줘.”

아저씨 쇼크 때문에 영문 모를 낙담을 한 나는 일단 열다섯 명 전원의 스테이터스를 살피며 선별 작업을 했다.

대장장이는 STR과 DEX, 그리고 LUK, 가능하면 INT의 스테이터스도 뛰어나면 좋다. 그 조건을 만족시키는 성장 타입은 역시 『대장장이』 뿐일 것이다. 그리고 세계 1위를 목표로 삼은 내 무기를 강화할 대장장이라면, 스테이터스가 선천적으로 우수했으면 한다.

“……아쉽지만, 이 안에는 내 눈에 차는 녀석이 없군.”

이 아저씨들 중에는 우수해 보이는 대장장이가 없었다. 내 말을 들은 필립이란 사람은 왠지 유감스러운 표정을 지었다.

“그렇습니까. 죄송합니다. 그럼 저희가 취급하는 노예 중에 남은 건 범죄 노예 뿐입니다.”

범죄 노예? 평범한 노예가 어떻게 다른지는 모르겠다. 그래도 우수한 대장장이라면 딱히 아무래도 상관없다.

“좋다. 보여 줘.”

“알았습니다. 하지만 범죄 노예이기 때문에 여기로 데려올 수는 없습니다. 안쪽에 있는 노예방으로 와주셨으면 합니다.”

“그렇군. 그럼 실비아와 에코는 여기서 기다리도록 해.”

나는 그렇게 말한 후, 필립의 뒤를 따랐다.

모리스 노예 상회의 노예방은 형무소와 비슷했다. 하지만 방이

넓고, 청결하며, 관리도 잘 되어 있었다. 모리스 상회는 꽤 수입이 좋은 것 같았다. 노예들도 기운이 넘친다고 할 정도는 아니지만 나쁘지 않은 생활을 하고 있는 것 같으며, 절망에 찬 표정을 짓고 있는 노예는 손으로 꼽을 정도였다.

"여기가 범죄 노예방입니다. 총 서른세 명이 있으며, 그 중 한 명이 대장장이입니다."

"안내를 부탁하지."

"예. 이쪽입니다."

필립은 복도를 나아가더니, 가장 안쪽에서 바로 앞에 있는 방 앞에서 멈춰 섰다. 범죄 노예의 방이라서 그런지 꽤 엄중하게 만들어져 있었다.

나는 조그마한 창문을 열고, 쇠창살 너머로 안쪽을 살폈다. 아니나 다를까 이번에도 아저씨였다.

"…………꽝이군."

나는 그의 스테이터스를 보고 고개를 저었다. 이 아저씨에게도 우수한 대장장이가 될 적성이 없었다.

"그렇습니까……. 기대에 부응하지 못해 죄송합니다."

필립은 고개를 숙였다. 개의치 말라고 말하려던 그 때, 나는 문득 가장 안쪽의 방이 신경 쓰였다.

"저 방은 꽤 엄중한 것 같은데, 어떤 녀석이 갇혀 있지?"

"아, 저 방입니까."

필립은 「사과 삼아 알려드리지요」 하고 말하면서 2중으로 되어 있는 그 방의 창문을 열쇠로 열더니, 내부를 보여줬다.

“이 안에는 얼마 전에 처형된 여성 공작을 모시던 암살자가 있습니다. 예속 계약에 일방적으로 묶여 암살을 저질렀기에 그녀에게는 죄가 없다는 판결이 내려졌고, 처형을 피한 후에 저희 상회로 보내졌죠.”

“암살자? 흐음.”

나는 내부를 살펴보았다.

……갈색 피부, 흰색과 보라색이 섞인 장발, 가늘고 날카로운 삼백안, 풍만하고 탄력 있는 가슴, 예술적이라고 해도 과언이 아닌 곡선을 그리고 있는 허리, 탄력적인 다리……. 그녀는 차가운 표정을 유지한 채, 눈만을 움직여 창밖에서 내부를 바라보는 나를 응시했다.

그렇다. 이 방 안에 있는 자는 바로—.

“……다크 엘프.”

“예. 실력이 뛰어난 여자죠. 하지만 캐스탈 왕국에서 계약에 **공격불가**를 더하라는 지시를 내렸기 때문에, 성노예나 가정부로 써먹을 수밖에 없습니다……. 게다가 보다시피 다크 엘프인지라 요즘 같은 세상에는 사려는 이가 없어서 난감한 참이지요.”

공격불가…… 공격을 할 수 없다는 것인가? 엄청난 제약인걸. 하지만 다크 엘프인데 사려는 이가 없다? 어째서지? 이런 미인이라면 데려가려는 사람도 잔뜩 있을 것 같은데 말이다.

“요즘은 규제가 너무 심해서 못해먹겠다니까요.”

필립은 그렇게 말하더니, 「하하하」 하고 웃음을 흘렸다.

……아, 그렇게 된 건가. 얼마 전에 실비아가 말했던 「수인 차별과 다크 엘프에 대한 박해」다. 그 대책으로 캐스탈 왕국이 규제법을 제정한 건가.

즉, 요즘에는 다크 엘프를 성노예로 다루는 것은 고사하고 노예로 데리고 다니기만 해도 평판이 나빠질 수 있는 것이다.

"스테이터스를 보여줘."

나는 혹시나 하는 마음에 그렇게 말했다. 그러자 그녀는 침묵에 잠긴 후, 투덜거리는 듯한 태도로 내 말에 따랐다.

"…………호오."

우선 어마어마하게 높은 DEX가 눈에 들어왔다. 그 뿐만 아니라 STR과 INT도 매우 높았다. 다크 엘프는 【검술】, 【궁술】, 【마술】이 특기인 멀티 타입의 종족이라는 게임의 설정에 걸맞은 스테이터스다. 하지만 어째서일까. 그녀는 LUK와 AGI가 꽤 낮았다.

"어떤 스킬을 보유했지?"

"……검술, 궁술, 마술, 실조종술, 암살술."

그녀는 담담한 목소리로 단어를 입에 담았다. 약간 낮고 냉철한 분위기가 감도는 맑은 목소리였다.

나는 그 말을 듣고 납득했다. DEX가 뛰어난 것은 【궁술】에 더해 【실조종술】도 올렸기 때문이다. AGI가 높은 건 【암살술】을 올렸기 때문이다.

그렇다면 그녀의 성장 타입은 『대장장이』일 가능성이 크다.

…………그렇다면, 으음……. 『공격불가』인 점이 아쉽기는 하지만, 대장장이에 전념한다면 딱히 문제는 없다. 메이드처럼 내 시중을 드는 등, 전투 이외의 면에서 여러모로 서포트를 하게 하는 것이다.

—좋아, 결심했다. 나는 필립에게 말했다.

"그녀는 얼마지?"

◇◇◇

나는 그 자리에서 다크 엘프 범죄 노예를 구입하기로 결정했다. 가격은 1,600만 CL. 찬란히 빛나는 1류 대장장이 감을 이 가격에 구할 수 있다니, 세상 참 말세다.

"그럼 예속 계약을 맺겠습니다."

필립은 그렇게 말하면서 종이 한 장을 내밀었다. 《예속마술》을 사용하는 계약서다. 뫼비온에서도 본 적이 있다. 《예속마술》을 써서 계약한 주인과 노예는 그 계약서에 기입된 내용에 어긋나는 행동을 절대 할 수 없다. 계약을 깼을 때 문제가 발생하는 것이 아니라, 불가사의한 강제력이 발동해서 아예 깰 수가 없는 것이다. 뭐, 실은 페널티 없이 깰 꼼수가 얼마든지 있지만…….

그건 그렇고, 《예속마술》은 뫼비온의 있는 둥 마는 둥 하는 스토리를 진행하는 과정에서 몇 번 등장하는 특정 NPC의 고유 스킬이다. 물론 그 NPC는 필립이 아니며, 플레이어는 습득할 수 없다. 즉, 이 세상에서는 NPC 고유 스킬의 취득조건이 새롭게 설정되어 있으며, NPC 고유 스킬을 쓸 수 있는 NPC 이외의 인간이 여럿 존재하는 것이다.

"계약서 내용은 어떻습니까?"

아, 괜한 생각을 하느라 읽지 않았다. 어디, 으음? 주인·노예(이하 갑·을) 간에 이하의 계약을 체결한다. 1. 갑은 을에게 적절 및 타당한 의식주를 제공, 즉 인간적 존엄이 손상되지 않는 수준의 부양 의무가 주어진…… 어………… 음, 알겠다. 대충 훑어보니 「주인은 노예를 인도적으로 다루고, 노예는 주인에게 순종하라」 같은 소리다. 적절한 내용이다.

하지만 딱 하나 신경 쓰이는 점이 있었다. 그것은 마지막 줄에 적혀 있는 항목이다.

『19. 을은 그 어떤 인간에게도 공격 행동을 취할 수 없다.』

우와, 이건 너무하잖아. 전직 암살자에게 내려진 처분치고는 가벼운 편일지도 모르지만, 이래서야 남이 자기를 덮쳐도 저항조차 할 수 없다고…….

"이걸 뺄 수는 없나?"

"예. 국가로부터의 지시인지라……."

필립은 난처한 표정을 지었다.

"어쩔 수 없지. 이 내용으로 계약을 맺겠어."

"알았습니다."

뭐, 「인간」에 한정된 것이니까 그나마 괜찮을지도 모른다. 마물만 공격할 수 있다면 경험치 벌이는 충분히 가능하다. 그 외의 상황에서는 내가 지켜주면 된다.

나는 투덜대며 납득한 후, 계약서에 사인을 했다. 다크 엘프 노예도 사인을 했다.

필립은 그걸 보더니, 노예마술을 썼다. 나와 다크 엘프가 보이지 않는 무언가로 이어졌다. 말로 형용할 수 없는 새로운 감각이 느껴졌다. 그녀의 가늘고 아름다운 눈썹이 희미하게 움직였다.

"이것으로 노예 계약이 완료됐습니다. 세컨드 님, 구입 감사드립니다. 모리스 상회 일동은 세컨드 님께서 다시 찾아주시는 날을 진심으로 고대하고 있습니다."

계약은 간단히 맺어졌다.

쇠사슬에서 풀려난 다크 엘프는 나를 향해 걸어오더니, 내 대각선 뒤편에 아무 말 없이 섰다.

"…………."

어째서일까. 엄청 거북하다.

"너, 이름이 어떻게 돼?"

"없습니다."

"그렇구나. 없습니다, 응접실에 가자."

"……이름이 없다는 뜻으로 한 말입니다만……."

"…………."

내 혼신의 개그가 먹히지 않았다. 그 뿐만 아니라 이 다크 엘프는 어이없다는 표정을 짓고 있었다. 노예는 배짱이 두둑한걸.

……하지만 이름이 없는 건가. 대체 어떤 생활을 해온 거지.

"농담이야. 하지만 이대로는 부르기 어렵네. 내가 이름을 지어줘도 될까?"

"상관없습니다."

으음, 이름……. 다크 엘프, 갈색, 나이스 바디…… 보라색 머리카락, 보라색, 퍼플, 바이올렛, 보라, 나이스 바디…….

팔짱을 낀 나는 5분가량 끙끙거리며 생각을 한 후, 그녀의 이름을 정했다.

"유카리면 어때?"

내가 그렇게 말하자, 그녀가 눈을 희미하게 치켜떴다.

"예. 이제부터 제 이름은 유카리입니다. 잘 부탁드립니다, 주인님."

유카리는 정중하게 인사를 했다. 나도 무심코 마주 인사를 하고 말 정도로 아름다운 몸놀림이었다.

"세컨드라고 해. 나중에 다른 동료들도 소개해줄게."

"알았습니다."

나는 「주인님」이라는 말에 약간 동요했지만, 그것을 들키지 않도록 유카리에게서 뒤돌아서면서 실비아와 에코의 곁으로 서둘러 향했다. 유카리는 그런 나를 조용히 따라왔다. 역시 전직 암살자라서 그런지 발소리가 전혀 나지 않았다.

"돌아왔어."

"오오, 세컨드 님. 괜찮은 대장장이를 발견—."

응접실로 돌아가자, 실비아는 웃으면서 나를 맞이하더니…… 내 뒤편에 있는 유카리를 보자마자 그대로 굳어버렸다.

"……세컨드 님. 설마 저 미인 다크 엘프 여성이……."

"그래. 그녀는 유카리야. 오늘부터 대장장이로 육성하겠어."

"…………으윽."

실비아는 그대로 무너지듯 주저앉았다. 「대장장이가 여자일 줄은 몰랐다」, 「왜 그 가능성을 고려하지 않은 거지」, 「게다가 엄청 커!」 같은 말을 계속 중얼거렸다.

"나는 에코! 유카리, 잘 부탁해!"

"잘 부탁합니다, 에코 님."

"에코 님이 아니라, 에코야."

"잘 부탁드립니다, 에코 양."

"에코 양이 아니라, 에코야."

"……에코, 잘 부탁드립니다."

"응!"

에코의 커뮤니케이션 능력은 엄청나네. 그리고 표정을 유지하고 있는 유카리 또한 대단했다.

"저 녀석은 실비아라고 해. 이래봬도 어엿한 마궁술사지."

내가 실비아를 소개했다. 그러자 유카리는 「마궁술사?」 하고 중얼거리며 고개를 갸웃거렸지만, 「곧 알게 될 거야」 하고 말해주자 고개를 끄덕였다.

"그럼 유카리의 말과 옷을 산 후에 페호의 마을로 돌아가자. 그리고 앞으로 어떻게 할지 회의를 하자고."

나는 그렇게 말한 후, 동료들과 함께 모리스 상회를 나섰다.

이리하여, 초보 대장장이 유카리가 우리의 동료가 됐다.

……처음에는 긴장한 거라고 생각했다.

하지만, 그렇지 않았다.

폐호의 마을로 향하는 동안, 나는 유카리와 친목을 다지기 위해 몇 번이나 말을 걸었다.

하지만 그 결과는 참담했다. 내가 무슨 말을 해도 유카리는 무표정한 얼굴로 사무적이라고나 할까, 매우 퉁명한 대답만 했다.

그리고 나뿐만 아니라 실비아와 에코가 말을 걸었을 때도 마찬가지였다.

마음을 죽인 걸까?

그녀의 실체를 알 수가 없었다. 유일하게 제대로 된 반응을 보였던 것은 「없습니다」 때뿐이다.

어이없다는 시선— 이 한나절 동안 그녀가 감정다운 감정을 어렴풋이나마 보여준 것은 그때뿐이었다.

원래 커뮤니케이션이 능숙한 편이 아닌 나는 자포자기 상태였다.

노예라고는 해도, 새롭게 생긴 동료다. 가능하면 사이좋게 지내고 싶다. 양호한 관계를 만들지 못하면 우수한 대장장이로 육성하더라도 곧 우리를 떠날지도 모른다.

어떻게 하면 좋을까…… 나는 생각하고 또 생각했다.

그리고, 결국 또 이 대답에 도달하고 말았다.

그냥 솔직하게 물어보자, 는 대답에 말이다.

"유카리. 네 과거를 물어봐도 될까?"

나는 여관에 도착하자마자, 유카리를 내 방으로 불렀다.

"그건 명령입니까?"

내 질문에 유카리는 냉담하게 답했다. 그녀의 눈동자는 희미하게 흔들리고 있었다.

"말하기 싫으면 말 안 해도 돼."

"……그럼 묵비권을 행사하겠습니다."

거절당했다. 단호하게 말이다.

나는 태연한 척 「그래」 하고 말한 후, 「15분 후에 저녁을 먹을 거니까, 옆방으로 모여」 하고 말하며 그녀를 방으로 돌려보냈다. 지극히 짤막한 대화였다.

"…………후, 후후후."

어이쿠, 무심코 웃음이 흘러나왔다. 하지만 이 정도로 큰 수확을 얻을 줄은 몰랐다.

왜냐하면 내가 솔직하게 던진 질문에, 유카리는 가장 크게 감정을 드러냈던 것이다.

그것은 동요이자, 허세, 죄책감, 그리고…… 공포다.

그녀의 과거에 무언가가 있다. 그래서 그녀는 말수가 없으며, 평범한 노예를 연기하고 있다. 또한, 자신의 과거가 알려지는 것을 두려워하고 있다.

과거를 숨기는 이유— 아마 암살자로 활동한 것과 관련이 있으리라.

하지만 그것은 이미 알고 있다. 그녀도 이미 알려졌을 거라 여길 것이다.

그렇다면 왜 숨기는 걸까? 왜 두려워하는 걸까? 왜 연기를 하는 걸까……?

“아, 그렇구나.”

나는 문뜩 생각이 미쳤다.

내가 세계 1위였던 시절의 일이다. 「seven 씨는 직업이 뭔가요?」 나는 이 질문을 듣고 유카리와 비슷한 감정을 드러냈었다.

진실을 이야기하고 싶지 않다. 그래서 거짓말을 해야만 한다. 나는 항상 부동산업을 한다고 말했다.

내가 진실을 숨긴 이유는 간단하다. 지금의 무난한 관계가 무너지기 때문이다. 무직이라는 사실이 알려지면, 앞으로 남들은 그렇고 그런 눈길로 나를 쳐다볼 것이다. 그것이 무서웠다. 그래서 타인과 거리를 뒀다. 항상 연기를 했다. 「돈도 시간도 있거든. 그래서 재미 삼아 하는 게임으로 세계 1위가 된 거야」 라는 연기를 말이다.

……유카리는 그런 가벼운 이유로 저렇게 행동하는 게 아닐 것이다. 하지만, 나와 비슷한 부분이 적지 않다고 생각한다. 그것은 바로 현실에서 눈을 돌리고 있는 점이다.

「밝혀지다면 나를 받아줄 리가 없다」 그녀도 그런 생각을 하고 있는 것이다.

「온라인 게임에 인생을 걸었다고? 정말 대단하네!」 그런 식으로 말해주는 사람이 있을 리가 없다고, 포기한 것이다.

그렇다면, 그녀의 본성을 드러낼 수 있도록 우리가 할 일은…….

「이 사람들이라면 과거를 밝혀도 분명 나를 받아줄 것이다」 하고 확신하게 만드는 것이다.

어렵다. 정말 어려울 것이다. 하지만 방법을 알았으니, 도전할 수밖에 없다.

"좋아!"

나는 무릎을 찰싹 소리가 나게 내려친 후, 마음을 단단히 먹으며 몸을 일으켰다.

"아무튼, 저녁부터 먹자!"

# 특별편 그것 또한 여흥

"말도 안 돼요!"

왕립 마술 학교 1학년 A반에 속한 여학생, 아로마 바닐라는 홀로 부들부들 떨면서 분노를 터뜨렸다. 얼마 전에 유학을 온 두 사람 중 한 명인 세컨드라는 남학생 때문에 말이다.

아로마 바닐라는 예의를 중시한다. 그녀는 호수에서의 양식 산업으로 이름을 떨친 바닐라 자작 가문의 영애로서 긍지를 가지고 있었다.

"마치 전하를 모르는 듯한 뻔뻔한 태도! 무례하기 그지없는 말투! 게다가 뭐? 그쪽 취향? 절대 용서 못해요!"

소문에 따르면, 세컨드란 남자는 다른 나라의 귀족이라고 한다. 아로마는 그 말을 듣고 더욱 분노했다. 캐스탈 왕국을 무시하고 있다— 그렇게 느낀 것이다.

아직 앳된 느낌이 희미하게 남은 귀여운 그녀의 얼굴에 힘줄이 돋았다. 자작 영애인 그녀는 자신의 조국이 무시당했기에 분노하고 있는 것이다.

"전하도 전하예요. 왜 그딴 남자와 그렇게 친하게 지내시는 거죠?"

하지만 이런 아로마와 달리, 마인은 세컨드와 매우 사이가 좋았다. 그리고 요즘 들어 A반으로 오게 된 세컨드의 시종, 에코 리플렛 또한 세컨드를 잘 따르고 있었다.

왜 그렇게까지 사이가 좋은 건지, 어째서 그렇게 가까워진 건지, 아로마는 이해를 할 수가 없었다.

그래서 뭔가 꿍꿍이가 있을 것이다— 하고 아로마는 생각했다. 압도적일 정도로 나빴던 첫 인상 때문에, 세컨드를 악인이 틀림없다 여기는 것이다. 그리고 그의 주위에 있는 실비아와 에코조차도 한패라고 생각했다. 며느리가 미우면 손자까지 밉다는 속담처럼 말이다.

"저는 속지 않을 거예요……."

세컨드 일행을 절대 신용하지 않겠다. 아로마는 마음속으로 결심했다.

◇◇◇

"특별 수업?"

"예. 내일부터 1박 2일로 야영 훈련을 하는데, 세컨드 님과 같이 참가하지 않겠어요?"

에코를 동료로 삼고 며칠 후의 점심때였다. 에코와 함께 교정에서 햇볕을 쬐고 있을 때, 4인조 여학생이 나에게 말을 걸었다.

"아, 좋아. 한가하거든."

내가 고개를 끄덕이자, 여자애들은 「꺄아」 하고 새된 비명을 질렀다. 왠지 아이돌이라도 된 기분이라 나쁘지 않지만, 네 명 다 눈앞에서 시끄럽게 떠들어대니 좀 짜증이 났다.

"꼭 같이 가요!"

"그래."

"저희 조인 3조에 꼭 들어와 주세요!"

"그래."

나는 이런저런 소리를 늘어놓는 여자애들에게 대충 대답을 한 후에 쫓아냈다.

그건 그렇고 야영 훈련인가. 심심풀이가 될 것 같았다. 요즘 들어 실비아는 3형을 익히느라 도서실에 틀어박혀 지내고, 이미 가르쳐줄 것도 없으며, 나는 이미 3형을 익힌 데다, 수업은 재미가 없어서 툭하면 빼먹고 있을 뿐만 아니라, 에코와 느긋하게 햇볕을 쬐는 데도 슬슬 질렸으니까…… 간단히 말해 한가해서 미칠 것 같았다. 그래서 오히려 잘됐다는 생각이 들었다.

"에코. 내일과 모레는 실비아와 함께 지내."

"후못모~!"

알았다~는 말일까? 에코나 입안에 샌드위치가 가득 든 채로 말을 하는 바람에 알아들을 수가 없었다. 하지만 고개를 끄덕인 것을 보면, 긍정의 의미 같았다.

"자아, 그럼 나도 먹어볼까……."

…………어라? 내 몫의 믹스 샌드위치가 없다.

혹시……. 나는 에코를 힐끔 쳐다보았다. 그녀는 시치미를 떼며 음식을 먹었다. 나는 에코의 동그란 눈동자를 뚫어져라 쳐다보았다. 그렇게 어마어마하게 주시하며 얼굴을 서서히 내밀자…… 에코는 입안의 음식을 꿀꺽 삼킨 후에 시선을 피했다.

"네가 먹었지?"

"…………."

"네가 먹었지~?!"

"우갸~!"

역시 범인은 너냐! 용서 못한다. 나는 에코에게 간지럼지옥 형벌을 내렸다. 에코는 숨을 헐떡일 정도로 마구 웃으며 「잘못했어요!」 하고 말했기에, 나는 3분 만에 해방시켜줬다. 오늘도 평화로운 하루였다.

다음 날. 나는 야영 훈련에 참가하기 위해, 며칠 만에 1학년 A반 교실에 갔다.

참가자가 전원 모이자, 이미 정해져 있던 조의 멤버 별로 나뉘었다. 나는 3조였다. 어제 야영 훈련 이야기를 하러 찾아왔던 여자애들과 같은 조였다. 멤버는 나를 포함해 총 여섯 명이며, 나 빼고는 전부 여자애였다. 어이, 잠깐만 있어봐. 이건 너무하잖아.

내가 담임인 케빈 선생님에게 다가가서 설명을 요구했다. 야영 훈련은 보통 멤버 전원이 한 텐트에서 잔다. 즉 여자애들과 같은 텐트에서 자는 것이다. 그건 이상하다고 말한 것이다. 그러자 케빈 선생님은 괜찮다는 듯이 미소를 지으며 대답했다. 그의 말에 따르면, 천막은 조별이 아니라 남녀로 나뉜다고 한다. 그렇다면 왜 조를 나누는 거냐고 반사적으로 물어볼 뻔 했지만, 아마 반별로 뭔가 할 일이 있을 거라는 생각이 들었다. 되게 복잡하네.

나는 투덜거리면서 3조가 모인 장소로 돌아갔다. 그 직후, 출발 시간이 되었다. 케빈 선생님의 인솔 하에 인근에 있는 숲으로 걸어서 이동하는 것 같았다. 바로 그때, 나는 문뜩 눈치챘다.

"어라? 마인 녀석은 참가 안 한 거야?"

주위를 둘러봐도 마인이 보이지 않았다. 농땡이를 친 건가? 아는 사람이 한 명도 없다는 것을 안 나는 불가사의하게도 약간 쓸쓸한 느낌이 들었다. 나는 마인이 있을지도 모른다고 생각하며 줄지어 이동하는 학생들을 둘러보았다. 그러자 나와 같은 조인 여자애가 등 뒤에서 나를 향해 이렇게 말했다.

"마인 전하는 이곳, 캐스탈 왕국의 왕자세요. 그런 분이 야영 훈련에 참가할 리가 없잖아요."

뒤를 돌아보니, 방금 그 말을 한 이는 갈색 머리카락을 지닌 앳된 여자애였다. 이 녀석은 누구지?

"어째서야? 위험하기 때문이야?"

"아뇨……. 당신, 설마 한 나라의 왕자나 되는 분에게 야영 훈련이 필요할 거라고 생각하는 건가요?"

그렇구나! 없을 만도 했다. 그 녀석은 진짜로 왕자잖아. 야영 같은 걸 할 일이 없겠지.

"아~, 그렇게 된 거구나. 가르쳐 줘서 고마워."

나는 상대를 무시하는 듯한 표정을 지으며 그렇게 말한 갈색머리

동안 여자애에게 솔직하게 고맙다고 말했다. 진짜로 몰랐던 만큼, 무시를 당하는 것도 당연했다.

"……싸울 맛이 나지 않는 사람이군요."

갈색머리 동안 여자애는 혼잣말을 중얼거리며 내 옆을 지나치더니, 성큼성큼 나아갔다. 저 녀석, 영 마음에 안 드네. 왠지 신경이 쓰인 나는 어제 찾아왔던 여학생들에게 저 애에 대해 물어보았다. 그러자 그녀들은 세세하게 이야기를 해줬다.

저 갈색머리 여자애의 이름은 아로마 바닐라이며, 바닐라 자작 가문의 영애라고 한다. 언니는 캐스탈 왕국 제1궁정마술사단에 속해 있는 일류 궁정마술사이며, 여동생인 아로마도 언젠가는 궁정마술사로 활약할 거라는 기대를 받고 있다 한다. 그래서 엘리트 의식을 지녔고 자존심이 강한, 성실한 우등생 포지션이라는 인상이라고 한다.

흐음, 자작 가문의 영애구나. 그리고 언니가 궁정마술사인가. 대단하네. 하지만 딱히 재미있는 이야기는 아니었다. 개인적으로는 훈련내용이 더 신경 쓰였다. 좋아, 겸사겸사 물어보자.

"그런데 야영 훈련에서는 뭘 하는 거야?"

"숲에 도착한 후, 오후에는 정찰 훈련을 계속 할 거예요. 해가 지기 전에 거점에 귀환한 후, 바비큐를 하고 나서 천막에서 일박을 하고 내일 아침에 학교로 돌아가죠."

"…………어, 그게 다야?"

"예? 아, 예. 훈련 내용은 그게 전부예요."

그건 훈련이 아니라 캠프잖아.

뭐, 그래도 날이면 날마다 멍하니 햇볕이나 쬐는 것보다는 훨씬 유익한 시간을 보낼 수 있을 것 같았다. 특히 정찰 훈련이라는 말에서는 자극적인 향기가 느껴졌다. 나는 약간의 기대를 품으며, 다른 이들과 함께 목적지인 숲을 향해 걸어갔다.

자아, 목적지에 도착한 나는 다른 이들과 협력해서 천막을 쳤다. 그 후, 고대하던 정찰 훈련이 시작됐다.

내용은 매우 간단했다. 거점 부근에 어떤 마물이 숨어있는지 조사한 후, 해가 질 때까지 거점으로 귀환하기만 하면 된다.

"……………………하아."

나는 오늘 들어 몇 번째인지 모르는 한숨을 내쉬었다. 당초에 나는 어떤 마물이 출현할지 몰라 고대했었다. 운이 좋으면 몰래 단독행동을 하면서 경험치를 벌자, 레어 아이템의 드랍을 노리자, 그런 생각을 했다. 하지만 이 정찰 훈련은 전투가 목적이 아닌데다, 이 숲에는 졸개 슬라임 밖에 없었다!

왠지 눈에 익다 했더니, 이곳은 『슬라임의 숲』이었다. 그것도 완전 초입이라 평범한 슬라임만 등장하는 퍼펙트 초보자 지역이다. 하긴…… 맞아. 경험치를 잔뜩 주는 위험한 마물이 있는 장소를 학생의 훈련 장소로 선정할 리가 없지. 하아…… 따분해 미치겠네.

"세컨드 님은 마술을 익히셨나요?"

"뭐~? 아~, 전혀 못 써~."

"그, 그렇군요! 그렇다면 여차할 때는 저희가 지켜드릴게요!"

"아~, 그래~? 고마워~."

실은 모든 속성을 3형까지 쓸 수 있고, 지금 바로 마물에게 마술을 쓰고 싶을 정도로 심심해 죽을 것 같지만, 다른 나라에서 【마술】을 견학하러 온 귀족이라는 설정 때문에 눈에 띄는 행동을 할 수 없다. 그래서 나는 모든 것을 내려놓으며 다시 햇볕 쬐기 모드에 돌입했다. 이러면 나는 에코에게 한없이 가까운 상태가 된다. 단적으로 말하자면, 한가해서 죽을 것만 같은 인간이 혼자서 끝말잇기를 즐길 만큼, 너무 심심해서 재미의 허들 자체가 극단적으로 내려간 상태다. 심심함을 억지로 즐기기 위한 지혜라고 할 수 있다.

"아로마 양. 다음에는 어디로 갈까요?"

"다음은 남서쪽이에요. 으음, 이 방향이군요."

"역시 아로마 양은 믿음직하군요!"

"예. 아로마 양과 같은 조라 다행이에요."

"……그럼 가죠."

반쯤 졸면서 정찰 훈련을 하고 있을 때, 여자애들의 아양 섞인 대화가 들렸다. 아무래도 다들 아로마 바닐라를 의지하고 있는 것 같았다. 언니가 궁정마술사이기 때문일까. 그리고 당사자 또한 그것을 싫어하지 않는 기색이었다.

"세컨드 님, 이쪽이에요."

"아~, 지금 갈게."

어느새 오후 네 시 가량이 되었다. 예상 외로 지겨웠던 정찰 훈련이 종반에 접어들고 있었다.

"저, 저기, 아로마 양. 여기는……."

"…………이상하군요. 이쪽이 틀림없는데 말이죠."

"점점 깊은 곳으로 들어가고 있는 것 같은데……."

오후 다섯 시 경. 사태가 나쁜 쪽으로 급변하고 있었다.

"혹시, 저희는…… 길을 잃은 걸까요?"

"바보 같은 소리 하지 마세요. 이 방향이 틀림없어요."

혹시는 무슨, 우리는 완전히 길을 헤매고 있었다. 아니, 나를 제외하고 말이다. 내가 수도 없이 돌아다녔던 슬라임의 숲에서 길을 잃을 리가 없다.

그리고 아로마라는 자작 영애는 극도의 방향치였다. 조장인 그녀는 조원들을 이끌면서 잘못된 방향으로 나아가고 있었다. 게다가 당당한 표정으로 지시를 내리고 있기에, 같은 조인 여자애들은 완전히 속아 넘어갔다.

"어이, 돌아갈 거면 이쪽 방향으로 가야할걸?"

보다 못한 나는 조언을 해줬다.

"다른 나라 사람이 이 숲에 대해 뭘 안 다고 나서는 거죠? 거점은 이쪽 방향에 있어요."

아로마는 코웃음을 치며 그렇게 말한 후, 정반대 방향을 가리켰다.

나는 「정반대 방향이라고」 하고 말을 했지만, 깔끔하게 무시당했다. 확실히 나는 지팡구란 나라의 귀족이란 설정이니, 아로마가 저렇게 생각하는 것도 당연했다. 뭐, 어쩔 수 없다. 참견을 하면서 일단 상황을 살펴봐야겠다. 길을 헤매며 숲 안을 돌아다니는 것도 나쁘지는 않으리라. 그것도 또한 여흥이다.

다섯 시 반. 서서히 해가 저물고 있었다.

"이상하네. 왜 거점이 안 보이는 거지……? 지도가 잘못된 게 분명해."

아로마 녀석은 길을 한참 헤매더니, 이제는 지도 탓을 하기 시작했다. 그녀의 표정에는 초조함으로 물들어 있었다.

다른 여자애들도 서서히 그녀를 의심하기 시작한 것 같으며, 다들「세컨드 님의 지시에 따르자」라는 분위기를 조성하고 있었다. 하지만 이미 늦었다. 나무의 종류와 흙의 색깔로 볼 때, 어느새 숲 깊은 곳까지 들어온 것 같았다. 해가 지기 전에 귀환하는 건 어려우리라.

"아로마 양, 그냥 세컨드 님의 의견에 따르는 게……."

"시, 싫어요. 이 남자의 말이 옳을 리가 없어요. 자아, 저쪽으로 가죠."

왜 저렇게 고집을 부리는 건지 모르겠지만, 아로마는 내 조언을 계속 무시했다. 어쩌면 하도 고집을 부린 바람에 돌이킬 수 없게 된 걸지도 모른다. 그녀는 자작 영애인데다 언니가 궁정마술사니까 말이다. 자존심이 강할 것이다.

"저기, 아로마 양. 세컨드 님의 말씀에 따르는 게 어떨까요?"

"그래요. 지금 생각해보니 세컨드 님은 처음부터 계속 차분하셨어요. 분명 올바른 길을 알고 계신 거예요."

드디어 조원들도 그렇게 말하기 시작하자 아로마는 분통을 터뜨리는 듯한 표정을 지었다. 그리고 그대로 체념할까 했더니, 아니나 다를까 우리에게서 돌아섰다.

"……이쪽이 틀림없어."

그리고 막무가내로 나아가기 시작했다. 왜 저렇게 자신만만한 건지는 모르겠지만, 또 거점과는 반대 방향으로 나아가고 있었다. 하지만 아로마를 혼자 가게 둘 수는 없기에, 어쩔 수 없이 우리도 그녀를 쫓아갔다.

—바로 그때였다.

"앗."

조원 중 한 명이 그렇게 말했다. 그 순간, 나도 발견했다.

성큼성큼 나아가는 아로마의 옆 5미터 가량의 지면에 먹색 물체가 존재했다.

"슬라임……?!"

슬라임에게 포착 당했다. 그것을 안 아로마와 다른 여학생들이 즉시 전투태세를 취했다. 그녀들 사이에서 긴장이 흘렀다.

먹색 물체의 정체는 바로 애시 슬라임이란 마물이다. 적당히 강한 중급 마물이다. 얼마나 강하냐면, 실비아를 포함한 제3기사단 몇 명을 박살냈던 스칼렛 맨티스의 절반 정도 수준이다. 그러니 적당히 강하다는 말이 딱 맞는 마물이다.

"제가 해치우겠어요!"

내 옆에 있던 여학생이 선제공격을 했다. 그녀는 이거라도 받으라는 듯이 《물 속성·2형》을 날렸다.

"바—!"

나는 무심코 「바보야」 하고 외치려다 말을 삼켰다. 슬라임 계열 마물을 상대로 물 속성 【마술】을 날리는 건, 장기말을 연이어 두 번 두는 것 같은 『어이없는 실수』다. 적에게 【회복마술】을 걸어주는 것이나 다름없으니까 말이다.

"어, 왜……?!"

그녀의 【마술】을 맞고 몸집이 곱절로 팽창된 애시슬라임을 본 그녀는 깜짝 놀라며 그렇게 말했다. 아니, 놀란 건 바로 나야. 슬라임에게 물 공격은 엄금이라는 건 초등학교 때 배우지 않아? 아, 그것보다 이 세상에 초등학교가 있기는 할까? 없겠지. 진짜 엉망이네. 보다 못한 나는 「슬라임에게는 물이 안 통해」 하고 주의를 줬다.

"그런가요?!"

"어, 나, 나는 물 속성만 쓸 줄 알아!"

"저도 마찬가지예요!"

"저, 저는 불 속성만…… 하지만 산불이라도 나면……."

3조의 조원들은 야단법석을 떨고 있었다. 그렇게 그녀들이 우왕좌왕하는 사이, 애시 슬라임이 성큼성큼 다가왔다.

"아, 아로마 양! 부탁드려요!"

"아로마 양이라면 저걸 쓰러뜨릴 수 있죠?!"

최종적으로는 아로마에게 매달리고 있었다. 아무리 학생이라고 해도, 이건 좀 그렇지 않아?

아로마를 보니 당황한 기색이 역력했다. 조장이 되어 우쭐해진 나머지 잘 하지도 못하는 길 안내를 맡은 대가를 치를 때가 온 것이다.

이제 와서 물러설 수는 없을 것이다. 그럴 수밖에 없는 이유가 있으리라. 그녀는 궁지에 몰린 표정으로 앞으로 나서더니, 애시 슬라임과 대치했다.

……이 녀석, 근성이 꽤 대단한걸. 나는 내심 감탄했다. 그리고 공감했다. 누구든 고집을 부려야만 할 때가 있는 것이다. 그래서 나는 아로마를 조금만 도와주기로 했다.

"으윽!? 뭐, 뭐하는—!"

"조용히 해. 그리고 조용히 손을 앞으로 내밀어."

나는 겁을 먹은 건지 다리가 떨리고 있는 아로마에게 바짝 다가간 후, 귓속말로 그렇게 말했다.

"이건 네가 쏜 마술인 걸로 해두라고."

나는 《흙 속성·3형》을 준비한 후, 애시 슬라임을 향해 바로 발동시켰다. 허공에서 농구공만한 크기의 암석이 생겨나더니, 엄청난 기세로 회전하면서 날아갔다. 바위가 정통으로 명중한 애시 슬라임은 뿌직하는 소리를 내며 무참하게 으깨졌다.

【마술】은 발동될 때, 술자의 발치에 마술진이 생겨난다. 그래서 우리의 뒤편에 있는 네 사람에게는 아로마가 이 【마술】을 쏜 것처럼 보일 것이다.

"다, 당신, 마술을 쓸 줄 아는 건가요……?!"

"비밀로 해줘."

나는 경악한 아로마에게 그렇게 말한 후, 떨어졌다. 그리고 뒤편에 있는 여자애들을 향해 이렇게 말했다.

"이야, 무서워서 무심코 아로마의 등 뒤에 숨었네! 그래도 아로마 덕분에 살았어!"

약간 뻔한 거짓말일지도 모른다. 하지만 그녀들은 믿어줬다. 「그런 걸로 해두자」고 생각한 걸지도 모르지만, 내가 【마술】을 썼을지도 모른다고는 아무도 말하지 않았다.

"으음, 방금 소동으로 아로마의 지도가 찢어졌네. 어쩔 수 없지. 자, 내 지도를 써."

겸사겸사 미아 문제도 해결했다. 나는 아로마에게 자신의 현재 위치가 자동으로 표시되는 상위판 지도를 건네줬다. 이것은 뫼비온 시절의 필수 과금 아이템이며, 이 나라에서는 상상을 초월하는 가치를 지닌 물건이다. 그것을 받은 아로마가 「당신, 이건……!」 하고 말하며 과도한 리액션을 보이려고 했기에, 나는 그녀에게 얼굴을 내밀며 「나중에 돌려 줘」 하고 말해서 입을 다물게 했다.

그 후, 해가 지기 시작한 숲안을 우리 3조는 하염없이 뛰었다. 수십 분 후, 거점의 불빛이 보이기 시작하자, 나는 「역시 아로마가 가지고 있던 지도가 이상했나 보네」 하고 말해서 그녀를 감싸줬다.

뭐, 아로마와 다른 여자애들 덕분에 꽤 재미있게 1박 2일을 보낼 수 있었다. 오늘부터는 또 에코와 교정에서 햇볕이나 쬐는 나날이 시작될 것이다. 아아~, 재미있는 이벤트라도 일어나지 않으려나. 거대 괴수가 나타나거나, 테러리스트가 이 학교를 습격하거나, 에코가 엄청난 물건을 줍거나, 갑자기 무술대회 같은 게 개최되는 등의 이벤트 말이다. 뭐, 그런 일이 일어날 리가 없나.

◇◇◇

아로마 바닐라는 얼이 나갈 정도로 놀랐다.

세컨드가【마술】, 그것도 3형을 쓸 수 있다는 사실도 그 요인 중 하나지만, 무엇보다「모든 공을 아로마 바닐라에게 돌렸다」는 사실에 놀랐다.

그녀는 세컨드를「입만 산 다른 나라의 건방진 도련님」정도로 여겼다. 절대 신용할 수 없다며 적의를 드러냈다.

하지만 그 결과는 어떤가. 아로마는 세컨드에게 맞서며 고집을 부린 나머지, 길을 잃고 말았다. 조원들이 자신을 의지하는데다, 아까 세컨드의 의견을 무시한 바람에 길을 잃었다고 말할 수 없는 상황에 처했다. 그리고 상황이 점점 악화되더니, 결과적으로 3조 전원을 위험에 처하게 했다.

"…………윽."

갑자기 당시의 일이 생각난 아로마는 심장이 뛰었다. 세컨드는 등 뒤에서 자신을 안더니, 귓속말을 속삭이며 궁지에 처한 자신을 구해줬다. 아로마는「어쩔 수 없잖아!」하고 뻔뻔하게 외치고 싶었다.

그리고 진심으로 「그건 반칙이잖아」 하고 생각했다. 누구나 부러워할 초절정 미남의 그런 행동은, 그녀에게 있어 명백한 반칙이다.

게다가 세컨드는 아로마의 자존심에 상처를 내지 않도록, 진심으로 배려했다. 또한 우스꽝스럽고, 귀여우며, 또한 서툰 연기가 아로마의 모성본능을 자극했다. 그야말로 뜻밖이었다. 아로마는 완전히 허를 찔리고 말았다. 어렴풋이 접한 세컨드의 본성은 아로마가 지금까지 만난 그 누구보다도 침착했고, 냉정했으며, 미스터리어스한 데다, 애교로 가득 찼을 뿐만 아니라, 상냥했다.

취침 전. 아까 빌렸던 지도를 챙긴 아로마는 세컨드를 천막에서 조금 떨어진 곳으로 불렀다. 그리고 긴장한 표정으로 기다리자, 세컨드가 곧 나타났다.

"저기…… 받아요. 정말 고마웠어요."

"아, 그래."

두 사람의 대화는 그렇게 간단히 끝났다. 세컨드는 지도를 받더니, 그대로 남자들이 묵는 천막으로 돌아가려 했다. 그런 무뚝뚝한 세컨드를, 아로마가 불러 세웠다.

"잠깐만요! 저기…… 으음, 그러니까……."

하지만 입에서 말이 안 나왔다. 그녀의 머릿속은 자신이 무슨 말을 하고 싶은 건지 알 수 없을 정도로 헝클어져 있었다.

—왜, 그렇게 자신을 무시했던 자신을 도와준 건가. 왜 모든 공을 자신에게 돌린 건가. 이유가 있어서 【마술】을 쓸 수 있다는 사실을 숨기고 있는 거라면, 자신에게 그 사실이 들통 나는 것은 완벽

한 리스크다. 그런데 왜 그런 리스크를 범하며 자신을 구해준 건가? 물어보고 싶은 건 산더미처럼 있었다. 하지만 그녀의 입에서 나온 말은 질문이 아니라…….

"…………감사, 해요."

그 말뿐이었다. 아로마는 그 말을 한 직후, 귀까지 새빨갛게 빨개졌다. 내가 지금 무슨 소리를 한 거야, 하고 생각하며 후회에 사로잡혔다.

그런 아로마를 본 세컨드는 천천히 침묵을 깼다.

"꽤 좋은 심심풀이가 됐어. 그 답례니까 개의치 마."

아로마는 어리둥절한 표정을 지었다. 그리고 서서히 미소가 지어졌다.

세컨드라는 남자는 애초부터, 겉과 속이 똑같은, 이렇게 무례하기 그지없는 자다. 유학 첫날부터 그 사실에는 변함이 없었다. 뭔가 꿍꿍이가 있는 게 틀림없다고 추측했지만, 그것은 명백한 착각이다. 실은 이렇게 무례하면서도, 그에 못지않게 남들의 호감을 얻는 불가사의한 매력을 지녔을 뿐인 것이다. 이 순간, 아로마는 그 진실을 눈치챘다.

"당신은 참 무례하군요!"

"그런 말 자주 들어."

아로마는 미소를 머금더니, 멀어져가는 세컨드의 등을 쳐다보며 그렇게 말했다. 그러자 세컨드는 돌아보지도 않으며 오른손만 가볍게 흔들었다.

이 날 이후, 그녀는 세컨드를 항상 쳐다보게 되었다. 그것이 사랑이라는 사실을 깨닫는 것은 얼마 후의 일이다. 그리고 그녀는 우여곡절 끝에 팬클럽에 들어가게 되는데…… 그것은 또 다른 이야기다.

## ■작가 후기

처음 뵙겠습니다. 사와무라 하루타로라고 합니다. 이 책을 구매해주셔서 정말 감사합니다.

자아, 후기에 뭘 쓰면 좋을지 생각하기 시작한 후로 벌써 수십 분이 흘렀습니다. 왠지 자기소개를 하면 좋을 것 같다는 생각에 도달했으니, 이제 그만 자판을 두드려볼까 합니다.

즐겁다. 모든 것은 이 한 마디로 귀결될 겁니다.

애초에 왜 소설을 쓰자고 생각한 것인가. 지금 생각해보면, 저는 저도 모르는 사이에 『즐거움』을 쫓게 되었다고 생각합니다. 몸과 마음이 덩실덩실 춤출 듯한 즐거움. 다양한 작품을 읽으면서 저는 즐거움에 매료되었고, 어느새 그것을 직접 표현하자고 생각하기 시작했습니다.

어릴 적부터 그랬습니다. 남들이 준 것을 즐기기보다, 남에게 뭔가를 주며 즐길 때에 몇 곱절이나 되는 집중력을 발휘하게 되었습니다. 그런 면은 어른이 되어서도 변함이 없었다고 확신을 가지고 말할 수 있습니다. 실제로 이렇게 소설을 쓰고 있으니 설득력이 있다고 할 수 있을 겁니다.

학창시절, 저는『모형정원』이라는 것을 처음으로 알았습니다. 조그마한 상자 안에 자신의 마음대로 경관을 만드는 것은 실로 즐거워 보였습니다. ……하지만 실제로 해보니 참 어렵더군요. 색채의 조화, 뛰어난 손재주, 도구 선정, 어느 것 하나에도 저는 적성이 없었습니다. 타고 난 게으름쟁이인 저는 도구를 사러 간다는 발상을 못 했습니다.「가지고 있는 걸로 어떻게든 해보자」라는 숙련된 주부 같은 생각으로 과자상자 뚜껑에 흙을 담고, 근처에 피어 있던 잡초를 심은 후, 별생각 없이 자동차 모형을 줄지어 놓으며「모형정원이 완성됐다」고 우겼습니다. 하지만 몇 분도 채 지나기 전에 흥분이 가라앉으며 현실을 직시하게 됐습니다. 생각했던 것과는 너무 달랐죠. 제 상상 속에서는 훨씬 괜찮은 모습을 하고 있었습니다.「머릿속으로는 끝내주게 멋진 모형정원이 완성했는데!」저는 그렇게 외쳤습니다. 물론 머릿속으로 말이죠.

소설이란 모형정원 같은 거라고 저는 생각합니다. 초등학생 시절을 그리워할 나이가 되고 꽤 시간이 흘렀습니다만, 제가 지금 하고 있는 것은「어릴 적에 이루지 못했던 것에 대한 재도전」이 아닐까 합니다. 근거는 없습니다. 그저 이 방식이 서투르지 않다고 느낄 뿐입니다. 발끈한 나머지 입술을 삐죽 내밀며 쓴 세계제일의 소설을「어때? 재미있지?!」하고 말하며 남들에게 말하며 코를 벌렁거리는 소년의 심정입니다.

현대 일본에는 다양한 재미거리가 넘쳐흐르고 있습니다. 질릴 정도로 말이죠. 저는 어릴 적부터 컬러풀한『재미의 풀장』에 머리를 집어넣은 채 살아왔습니다. 끝도 없이 차례차례 『재미의 열매』를 향해 손을 뻗으며 먹을 수 있는 부분만 먹었습니다.

재미의 풀장이 고갈되는 일은 결코 없으며, 재미의 나무는 사시사철 항상 열매가 맺힙니다. ……저는 그것을 당연하게 여겨왔지만, 사실 그것은 꾸준한 공급이 존재했기에 가능했다는 사실을 이 나이가 되어서야 알았습니다.

이것은 일종의 보은입니다. 저를 길러준 「재미로 가득 찬 세계」에의 보은이죠. 그렇기에 저는 매일같이 풀장에 원액을 부어넣고, 휴일에는 숲에 갑니다. 그날 그때, 어린 저를 재미있게 해줬던 많은 것들이 저도 되고 싶습니다. 그러니, 다음 세대에 제가 좋아하는 재미를 넘겨주기 위해, 저는 오늘도 역 앞 카페에 갑니다. 그리고 역시 그것으로 귀결됩니다. 사람을 재미있게 해주는 활동은 즐겁습니다. 진짜로 말이죠.

자아. 이야기가 옆으로 샙니다만, 꼭 해드리고 싶은 이야기가 있습니다. 바로 마로 선생님에 관한 이야기입니다.

마로 선생님은 이 소설에 처음으로 그림을 더해주신 분입니다. 즉, 신이시죠. 그 외의 다른 표현이 없을지 여러모로 생각해봤습니다만, 역시 신이 가장 적당하다 생각합니다. 그러니 앞으로는 개인적으로 마로 선생님을 신으로 여기며 숭배하기로 결심했습니다. 여러분도 이미 보셨겠죠. 예. 마로 신께서 그린 그림은 정말 끝내줍니다. 처음 본 순간, 저의 뇌에서 쾌락물질의 수도꼭지가 망가지면서 원천이 줄줄 새는 상태가 됐습니다. 어쩌면 그 그림은 금단의 열매 같은 걸지도 모릅니다. 그 후로 얼굴을 항상 씰룩거리게 됐습니다. 그건 지금도 마찬가지입니다. 후기가 이상한 상태인 것도 아마 그게 원인일 겁니다. 틀림없어요.

이어서 말씀드리고 싶은 이야기 2가 있습니다. 자아, 이미 눈치채신 분도 있을 겁니다. 사실 원작의 발매보다 먼저 『월간 소년에이스』에 코미컬라이즈판 연재가 시작됐습니다!

여러분은 마에다 리소 선생님께서 그리신 코미컬라이즈판 제1화를 보셨나요? 아직 읽지 않은 분께서는 꼭 읽어주셨으면 합니다. 저는 읽었습니다. 읽고 또 읽었습니다. 역 승강장에서, 버스 좌석에서, 때로는 둑에서 낚싯바늘을 드리우며, 점심 때 참치 마요네즈 삼각김밥과 새우 마요네즈 삼각김밥을 먹으면서 읽었습니다.

감상은 한 마디로 말할 수 없을 지경입니다만, 얼추 정리를 하자면 이렇습니다. 「최고로 멋져!」 그렇게 생각하다, 그 다음에는 「그뿐만 아니라 귀여워!」 하고 생각했더니, 「이야, 유쾌통쾌하네!」 그리고 「그리고 말도 안 될 정도로 멋지네!」에서 「실로 COOL」이란 독후감입니다.

마에다 선생님의 만화는 저의 마음을 마구 흔들더니, 저의 뇌에 달린 망가진 수도꼭지를 아예 뽑아버렸습니다. 그 정도로 감동했습니다. 제가 만든 캐릭터가 만화가 되어 움직인다는 것이 이 정도로 「뇌를 뒤흔들 줄」은 몰라서 머리를 감싸 쥐었습니다.

저의 모형정원은 소설이 되고, 서적이 되었으며, 그림이 된 끝에, 만화가 되었습니다.

이 정도로 재미있고, 또한 즐거운 일은 없을 겁니다.

이 모든 것이 많은 분들의 협력 덕분이라는 것을 잘 알고 있습니다.

즉, 제가 감사해야 할 분이 정말 많습니다. 마로 선생님, 마에다 선생님, 편집자 님, 관계자 여러분. 부모님, 친구, 직장 동료 여러분, 그리고 선조님…….

그리고 이 글을 읽고 있는 독자님.

독자 여러분 덕분에 그렇게 염원하던 서적화를 이뤘습니다. 진심으로 감사드립니다!

## ■역자 후기

안녕하십니까. 근로청년 번역가 이승원입니다.

이번에 『전 세계 1위의 서브캐 육성일기』의 번역을 담당하게 되었습니다.

잘 부탁드립니다!

12월이 되면서 본격적인 겨울이 시작된 듯합니다. 이 책이 독자 여러분에게 전해질 즈음에는 추위가 더 극심해졌을까요. 어쩌면 따뜻한 봄이 다가왔을지도 모르겠군요.^^

저는 겨울 대비를 한다고 스토브도 꺼내고, 침실과 작업실 창문에 뽁뽁이도 열심히 붙였습니다. 그 덕분인지 방안은 좀 훈훈합니다. 물론 문을 열면…… 지옥도가 펼쳐집니다.^^

이럴 때야말로 작업실에 틀어박혀 일에 전념해야 합니다만, 이런저런 엑시던트(?) 때문에 그럴 수가 없네요.^^

독자 여러분께서 따뜻한 겨울을 보내시길, 그리고 보내셨길 진심으로 빕니다!

그러고 보니 오래간만에 신작, 그것도 이세계전생물을 맡게 되었습니다.

항상 새로운 작품을 맡으면 긴장을 하게 됩니다. 물론 편집부 분들이 재미있는 작품을 선정하셨을 거라 믿어 의심치 않습니다만, 그래도 처음은 작품의 뿌리와 줄기를 파악해야 한다는 느낌이 있어 더욱 시간이 걸리게 됩니다.

하지만 이번 작품은 그런 부분에서 훨씬 수월했다 생각합니다. 작품 자체가 재미와 함께 흡입력을 지녔기 때문이겠죠. 주인공뿐만 아니라 여러 동료들도 개성과 매력을 충분히 지니고 있습니다. 그런 캐릭터들이 자아내는 매력이 충분한 재미를 자아내고 있다 생각합니다.

앞으로도 독자 여러분에게 이 작품의 재미를 전해드릴 수 있도록 최선을 다하겠습니다!

그럼 이만 줄이겠습니다.

L노벨 편집부 여러분, 항상 재미있는 작품을 맡겨주셔서 감사합니다. 앞으로도 최선을 다하겠습니다.

신혼여행 후 대방어를 쏜 지인이여. 태어나서 처음 대방어 먹어 봤는데, 진짜 맛있었어.ㅠㅜ

마지막으로 언제나 제게 버팀목이 되어주시는 어머니와 『전 세계 1위의 서브캐 육성일기』를 읽어주신 모든 분들에게 진심으로 감사드립니다.

세컨드가 새로운 힘을 얻게 되는 『전 세계 1위의 서브캐 육성일기』 2권 역자 후기 코너에서 다시 뵙겠습니다!

2019년 12월 중순

역자 이승원 올림

# 전 세계 1위의 서브캐릭터 육성 일기 1

초판 1쇄 발행 2020년 2월 20일

**지은이**_ Harutaro Sawamura
**일러스트**_ Maro
**옮긴이**_ 이승원

**발행인**_ 신현호
**편집장**_ 김은주
**편집진행**_ 김기준 · 김승신 · 원현선 · 권세라
**편집디자인**_ 양우연
**국제업무**_ 정아라 · 전은지
**관리 · 영업**_ 김민원 · 조은걸 · 조인희

**펴낸곳**_ (주)디앤씨미디어
**등록**_ 2002년 4월 25일 제20-260호
**주소**_ 서울시 구로구 디지털로 26길 111 JnK디지털타워 503호
**전화**_ 02-333-2513(대표)
**팩시밀리**_ 02-333-2514
**이메일**_ lnovelpiya@naver.com
**L노벨 공식 카페**_ http://cafe.naver.com/lnovel11



ISBN 979-11-278-5447-8 04830
ISBN 979-11-278-5446-1 (세트)

**값 9,800원**

## 모험가 자격을 박탈당한 아저씨지만, 사랑하는 딸이 생겨서 느긋이 인생을 즐긴다 1권

오노나타 마니마니 지음 | 후지 초코 일러스트 | 송재희 옮김

일찍이 전설의 강화 마술사로 이름을 떨쳤던 더글러스.
지금은 아저씨라고 불리는 나이가 되었고 몸은 쇠약해져서 엉망이다.
더글러스는 길드에서 모험가 라이센스를 박탈당해 떠돌이로 전락한다.
방랑하던 중, 저주받은 소녀 라비와 만난 더글러스는 그녀를 구하고
최강의 힘을 되찾는다.
하지만 더글러스는 실력을 숨기고 라비와의 자유로운 여행을
이어가기로 결의한다—.
별하늘 아래에 텐트를 치고 수프를 마시거나.
벼 이삭이 물결치는 가도를 터벅터벅 걷거나
지나가다 들른 곳에서 다른 사람을 돕기 위해 무심코 무쌍을 찍거나.
사이좋은 부녀의 모험은 오늘도 계속된다.
"나는 아이 키우느라 바빠. 미안하지만 다른 사람을 찾아줘."

L BOOKS

라이트노벨의 새로운 빛! L북스의 신간은 매월 20일에 발매됩니다. http://cafe.naver.com/lnovel11